U0484969

蜕变成蝶
Tuibianchengdie

——一位高考生家长的陪读笔记

欧阳冰云 ◎ 著

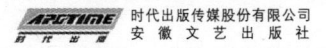

时代出版传媒股份有限公司
安徽文艺出版社

图书在版编目（CIP）数据

蜕变成蝶/欧阳冰云著.—合肥：安徽文艺出版社,2018.12
ISBN 978-7-5396-6430-9

Ⅰ.①蜕… Ⅱ.①欧… Ⅲ.①日记－作品集－中国－当代 Ⅳ.①I267.5

中国版本图书馆CIP数据核字(2018)第173403号

出 版 人：朱寒冬
责任编辑：汪爱武　　　　　　装帧设计：褚　琦

出版发行：时代出版传媒股份有限公司　www.press-mart.com
　　　　　安徽文艺出版社　　www.awpub.com
地　　址：合肥市翡翠路1118号　邮政编码：230071
营 销 部：(0551)63533889
印　　制：合肥华星印务有限责任公司　　(0551)65714687

开本：880×1230　1/32　印张：6.75　字数：150千字
版次：2018年12月第1版　2018年12月第1次印刷
定价：30.00元

(如发现印装质量问题，影响阅读，请与出版社联系调换)

版权所有，侵权必究

谨以此书献给所有高三的学子和家长

每一个孩子都是独一无二的！

目　录

001 / 爱的信仰（代序）

第一辑　独上高楼

003 / 开学

006 / 我们一起奋斗吧

009 / 中午留校

012 / 奶奶来了

015 / 五彩面

018 / 有妈的孩子是个宝

021 / 第一次联考

024 / 感恩的心

027 / 食指伤

030 / 爱心晚餐

032 / 心灵感应

035 / 正确面对烦恼

第二辑　衣带渐宽

041 / 活得像自己

044 / 不以物喜，不以己悲

047 / 什么也不做

049 / 渐入化境

052 / 考试成绩揭晓

055 / 爱就是陪伴

059 / 保持童心

062 / 小恙

065 / 想要成功,就别说不行

068 / 与孩子交心

073 / 小别离

076 / 生日

第三辑　蓦然回首

081 / 梦想

083 / 代理班主任

086 / 运动会

089 / 第一场雪

092 / 海棠花

097 / 生于忧患,死于安乐

097 / 月考

101 / 崛起

103 / 参观校园

106 / 家的味道

109 / 以德为邻

112 / 追赶

第四辑　峰回路转

117 / 青春是一首诗

120 / 无悔的青春

122 / 仁者爱人

125 / 围炉夜读

128 / 意外之喜

131 / 忙年

133 / 埋头苦干

135 / 开学

137 / 年初联考

139 / "脑清新"风波

第五辑　挑灯夜战

145 / 百日动员大会

147 / 一分耕耘，一分收获

149 / 十校联考

152 / 愧疚

154 / 超越自己

156 / 好风景在远方

159 / 因为懂得，所以慈悲

162 / 每一天都是好日子

165 / 卧薪尝胆

167 / 提高免疫力，迎接战斗

第六辑　蜕变成蝶

171 / 注重效率

173 / 蜕变成蝶

175 / 强者没有眼泪

178 / 相信自己

180 / 平常心

182 / 各自爱

184 / 没有绝对公平

187 / 做个有梦的孩子

189 / 准备迎战

191 / 爱是无所不能的

193 / 布衣暖菜根香

195 / 绽放的季节

197 / 走进考场

200 / 蜕变的蝴蝶

爱的信仰(代序)

我相信,有爱就有一切。

当我坐在灯下整理这些书稿的时候,我的女儿已经考取了天津某大学。她很适应大学生活,自理能力很强。每次到学校去,她都是自己收拾行李,我看了她的行李箱,外套、内衣分类装好,零用的东西另外收拾好。我说,我没有教过你。她说,平时看妈妈出差就是这么收拾的。是的,这就是家庭潜移默化的教育。所以说,父母是孩子最好的老师。

女儿说,大学里,好多同学都不愿意洗袜子,攒在一起洗,认为节约时间。她觉得受不了,每天都要洗干净才能安心睡觉。高三的时候,女儿每晚看书到十二点,可她仍然保持着睡前泡脚,然后洗干净内衣、袜子才上床的习惯,从来不依赖我。她说,记得我之前跟她说过,一个女孩子,如果只剩下一瓶水,记得先洗干净自己的脸,然后洗干净内衣和袜子。剩下的,再喝吧。我不记得什么时候说过这样的话,但我平时在生活中一直这样要求她,饭前洗手,出门前洗脸,从小就这样。后来她形成了自己的习惯,行为决定习惯,习惯影响性格,一点都不错。

从小县城到天津,大城市充满诱惑,父母不在身边,完全靠自我约束。女儿说,她的同学在朋友圈里晒月月月光族,钱不够花呀。很多家长只好采取严格控制的办法,一个月给一个定数,超过了,就自己省着;多余的,自己攒着。女儿从小就不乱花钱,懂得节约,也很体谅父母的不易。因为了解她,所以每次开学,我会把一学期的生活费都给她,她有自己的计划,每月花多少钱都记账,从来不超支。她的衣服,很多是高中时买的,我建议她该淘汰了,她总是舍不得。十七八岁的她,也爱美,添置的多是外套,眼光不错,每次发照片给我,总是朝气蓬勃,春风得意。她跟着室友学会了化妆,描淡淡的眉,唇线画得特别好。她会用不同颜色的粉底画鼻影,显得鼻子很高,立体感很强。她说化妆花时间,还要花心思,坚持不易。她舍不得买高级化妆品,总是自嘲说,人长得美,可以省许多化妆品钱。

大学的学习一点不轻松。她对自己要求严格,每门课都不落下。第一学期,英语就过了四级。业余有时间,去学习画油画。周末,喜欢泡在图书馆。她骄傲地跟我说,她们学校的图书馆是亚洲最长的。我有时候逗她,上大学,该轻松轻松了。我觉得她高中的时候太辛苦。她说懈怠不得,她的梦想才刚刚起步。我问她哪来的动力。她说爸爸妈妈上班许多年了,还经常要学习、要考试。她说爸爸每次考试总是名列前茅,她也要争气。

女儿上高三的时候,我怀了二宝,对她照顾很少。反过来,她在紧张忙碌之余,还常常关心我。放假了,帮我做家务,给我做饭。怀二宝的时候,我十分矛盾。生下来,女儿就多了一个亲人,多了陪伴,但同时也会分享她的爱,给她带来了烦恼和负担。她比我想得简单,也坦然接受。她说等我老了,她带着二宝去读书。我当时心里特别安慰。我生产的时候,女儿高考已经结束了,她一直陪在我身边,给我倒水,为我放音乐,楼上楼下帮我找医生。妹妹一出生,她就守在手术室门口,一直紧紧搂着,等我出手术室。她对小妹妹呵护有加,十分疼爱。骨肉亲情,大概就是这个样子,似乎有一种神秘的力量,把她们紧紧联系在一起。我很庆幸,在四十不惑的时候,生下了二宝,她让大宝更加成熟,更加懂得爱,懂得宽容。

女儿小的时候,家里很清贫,那时候我在职中教书,经常带着她去学校上晚自习,刮风下雨都伴着我。有一次,下大雪,我们俩一起摔倒了,她从地上爬起来,嘴里一直喊,妈妈你没事吧。无论遇到什么事情,她总是先想到别人。她从小就不是一个自私的孩子。有时候想想觉得很愧疚,觉得亏欠她很多。她小学时,书法"上善若水"在县里书法比赛中获过奖,我想,她应该真正懂得上善若水的意义。后来我换了工作,常在外面吃饭,带着她一起。她说那时候看着大人吃饭,感觉很无聊,现在想想浪费了很多好时光。她那样说,我又觉得对不起她。她安慰我说,也没什么,跟妈妈在一起,参加了许多活动,认识了许多名人,增长了自己的见识和胆气。

女儿上小学,爸爸在山区上班,我一个人带着她,经常把她一个人锁在家里。她很懂事,从上大班的时候就挂着钥匙,放学自己回家。她还学会了煮饭、蒸蛋。我记得那时候,每次出门都很揪心。我出了家门就开始回头望女儿，她总是趴在房间的窗户上目送我。我走出院子门，她在朝我挥手；我过了马路，她还在那里挥手；我走了很远，她还趴在那里挥手。每一次离开，我都于心不忍，都揪心地疼。总是一步三回头，走走停停，回头望望。到了办公室，还心神不定，脑子里都是小小的她挥手的样子。她一个人在家里，孤独、寂寞，只有看电视、看图书、画妈妈的样子。好在爸爸很快调到县城了，我的工作也不那么忙了，有空的时候，我们就带她出去玩。每年暑假，我们都计划一次旅行。读万卷书，行万

里路。我希望我亲爱的孩子,是一个见多识广、心胸博大的人。

现在孩子长大了,要自己独自远行。她每次出门的时候,我就目送着她离开。有时候,我也会趴在窗台上,目送着她渐行渐远,就像她小时候目送我一样。龙应台说:"所谓父女母子一场,只不过意味着,你和他的缘分就是今生今世不断地在目送他的背影渐行渐远。你站在小路的这一端,看着他逐渐消失在小路转弯的地方,而且,他用背影告诉你:不必追。"以前,我一直担心她离不开我,现在我终于明白,孩子长大了,是我在心里无法割舍,是我离不开她。

孩子的成长过程,也是父母成长的过程。她让我们懂得了最好的爱就是陪伴。对于孩子来说,家里有多富裕,爸妈有多好的工作都是次要的,她只是希望和爸爸妈妈在一起,看到爸爸妈妈在身边,心里就安心了。

记录高三生活的点点滴滴,是纪念,更是爱的证明。因为我们都相信爱,爱自己也更好地爱别人,爱生活也爱一切美好的东西。我们有爱的信仰,相信爱会让一切变得美好、祥和。

我把爱写在纸上,记录我们的过往,不管未来会怎样,我都守护在你身旁。这也是我写这本书的意义所在。

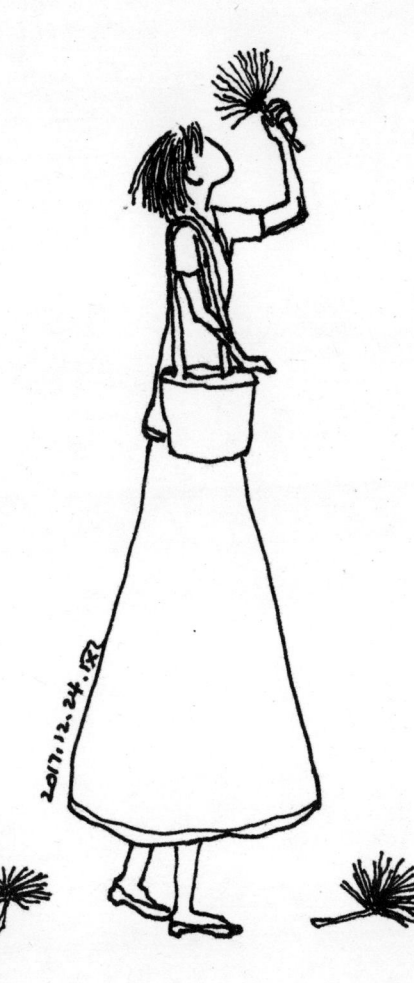

第一辑 独上高楼

开学

2016年9月1日　星期四　晴

今天是开学第一天。上学期放假的时候,老师布置了任务,开学第一天进行摸底考试。上学期期末考试,女儿考砸了,整个暑假,女儿都在纠结考试成绩。

女儿做事情沉稳,不像我毛躁。她将上学期考试成绩贴在书桌前的墙上,时刻都能看到;然后用红笔标注了哪些科目没考好,目标是多少,都写在边上。

今年的暑假,天气奇怪地热。七月初下了两周的暴雨,接下来一个多月,没下一滴雨,天天晴天,高温,暴晒。女儿每天早早起床,读书,做习题,上午和下午到老师家补课,中午回来做一张试卷再休息,晚上更是天天到深夜。我和她爸舍不得,叫她少做点,休息重要,身体是革命的本钱。她不爱听,不希望我们干涉她的作息时间。她每天的计划都列了表,不能弄乱了。一天没有完成,第二天就积压了练习,越积越多,就没办法完成了。有时候,我们说多了,她就着急上火,一个人趴在桌上掉眼泪,我们吓得不敢吱声。

她总是对我说，妈妈，你对我严厉点，别让我有懈怠心理。她天天那么辛苦，我哪里忍心？她又对我说，学如逆水行舟，不进则退；心似平原走马，易放难收。我当然懂得，当年我也是这样要求自己的学生。可是作为一个母亲，我只要自己的孩子快乐、安好，看到她累，我心疼。

高三了，学习哪能那么轻松？学习是孩子的事情，我们只能干着急。着急也没有用，还不如做好我们自己的事情。

老公准备考建筑师，天天躲在楼上看书。我最近在创作一部

黄梅大戏,压力很大,一大堆资料要阅读,天天抱着书本不得歇息。最近,我们都不看电视了,都专心做自己的事情。我跟女儿说,我们一起努力吧。相信,有付出就有回报,努力了就有收获!

记得女儿刚上初中,英语基础太差,老师用英语上课,她不知所云,回来哇哇大哭。我和她爸陪着她,鼓励她、安慰她,从一个字母到一个单词,从简单的对话到一篇文章。女儿越学劲头越足,结果每次考试都是名列前茅。她后来对我说,想成功,就得较劲,就得铆足一股劲儿,好好干。这句话,对我也很受用。这些年,我认定的事儿,就是埋头苦干。

女儿初二上学期成绩还平平,班上十几名,但她从来不放弃、不气馁、不认输。她将班上同学的成绩贴在书桌上,然后以前一名的同学为目标,一个个赶超,到初三上学期,她的名次都在班上前5名,中考以719分的成绩考入重点高中,当时是全县第147名。她说那个数字是她的幸运数,是她名字的谐音。她对我说,只有拼命努力,幸运才会来临。

现在,女儿又进入一个全新的阶段,高三,意味着对十年寒窗的一个总结,是人生的一次大检阅,是一次难得的考验。看着女儿那么刻苦,那么努力,锲而不舍,我相信,幸运之神一定会眷顾她的,好运一定会伴着她的。

我们一起奋斗吧

2016年9月2日　星期五　晴

昨晚,我对女儿说,从明天开始,我就早早起床,你要记得叫我。女儿笑笑,你晚上要熬夜,早上别起来了,多睡会,白天还要上班呢。多懂事的娃呀,不行,我们一起奋斗吧。

我将闹钟调到五点二十五,准时爬起来。烧水,给女儿冲牛奶,目送着他们父女俩下楼,拿起钱包出门买菜。外面的空气真好,天朗气清,凉悠悠的,秋天来了。

穿过楼下的花径,合欢花花瓣散落下来,落在我的发梢,落在我的肩头,轻轻拾起,有着淡淡的清香。想当初买房子的时候,就是看中了这院子里的合欢花,看中了花下小径边的石凳。如今年年馨香相伴,实在是一件美事。女儿说,她每天早起上学和晚上放学,都想在合欢花树下坐坐,放松一下自己,感觉自己心里的压力会减轻不少。我不能够理解,觉得有压力有烦恼干吗不跟老妈说呀!但此刻,我突然明白了。压力的释放,是需要自己独自去完成的,是需要一份独处的时光,真正属于自己的时光。

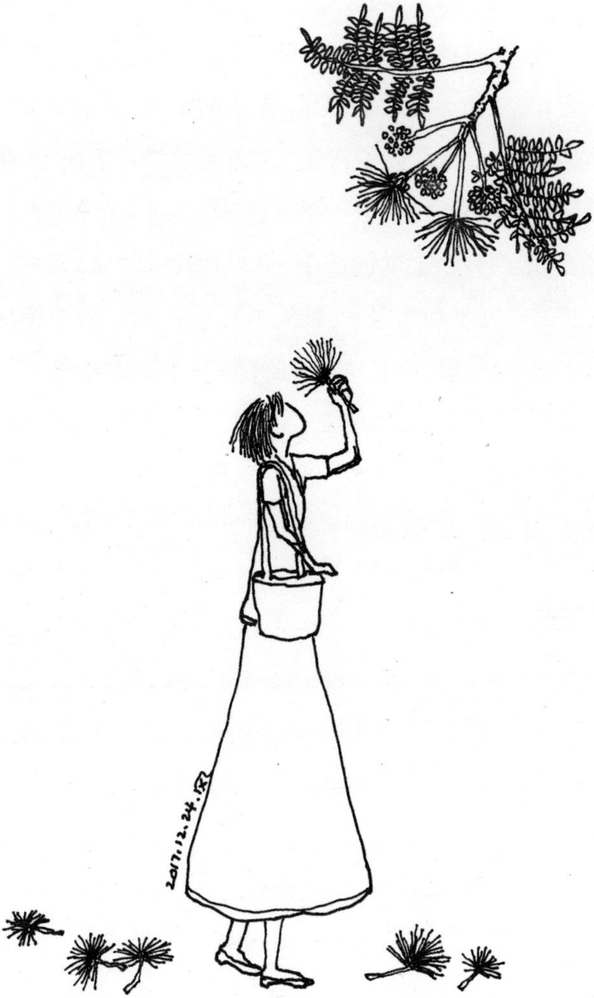
2017.12.24.

路上行人还不多,白天喧嚣,此刻清静,内心沉静。日本作家村上春树一直坚持每天独自跑步一个小时,这样就有了独处的时间,可以得到一份安宁和沉默,可以思考很多人和事。在长跑的过程中,提升精神健康和身体健康,更多更好地凝视自己。我一边快走,一边想着工作的事情、家里的事情,感觉千头万绪一下子都理清了,心情舒朗了许多。我在心里暗暗下决心,从今天开始,早起。

路上,遇到许多上学的孩子,个个背着沉甸甸的书包,匆匆的。女儿这一刻早到教室了,她从小就是个急性子,上学从不迟到。对于学习,她很自律。我的任何操心,都是多余的。

买了菜,回家吃了早点,洗了衣服,感觉时间还早,躺在沙发上,又有点想睡觉了,小眯了一会。早起还真不容易。

坚持,坚持!加油,加油!

中午留校

2016年9月3日　星期六　晴

　　早上,女儿跟我说,刚开学太紧张了,感觉有写不完的作业,做不完的试题。三天一大考,两天一小考。她想中午留校,调整下自己的状态。我嘴上答应了,心里却舍不得。留校吃什么?学校门口经常吃到地沟油,食品也不卫生,若不合胃口,还担心她吃不饱。老公不那么认为,他说,只要不饿肚子,怎么都行,想我们读书那会,多可怜,常吃不饱。可现在毕竟不是我们那会了。再说,中午不睡一会,怎么吃得消?晚上要熬夜,早上要早起,铁打的身体也会受不了。

　　女儿淡定地看着我说,你多虑了,管好你自己吧!我这么大了,哪有那么娇气?

　　中午下班前,我一直忐忑不安,打开手机,正好看到一家私人定制的蛋糕店今天有甜品出炉,赶紧定了一份,对方说十分钟送到学校门口,我急急忙忙往学校门口赶。赶上放学的时间,校门口人满为患,我根本找不到女儿的身影,提着甜品往教室赶,

教室里也空荡荡的。我只好坐在教室门口的回廊上等待。

　　第一次来女儿的教室，感觉很新鲜，六边形的教室，摆满了桌椅。桌上、地上，到处是书，一摞摞往上堆。女儿坐在第三排，我一眼就望见了她的紫色书包，那还是初中时买的。我可爱的小孩，从小就知道节俭。能省就省一点吧，她总是那样对我说。

　　终于听到走廊上有人说笑了。女儿拉着同学的手，两个小姑娘蹦蹦跳跳跑过来，看到我，她眼里满是惊喜，很意外。我拿出甜品，那是女儿的最爱，喜欢得不得了。抱在怀里，然后又歪着脑袋，一本正经地对我说，这么贵的蛋糕，老买干吗？这样甜的东西,吃多了不好,会发胖,以后别买了。我乖乖地点头,跟她再见。等我走到楼梯口,女儿又跑过来,拉着我的胳膊说,谢谢妈妈。这样的话,说过很多次,她是舍不得花钱,但还是发自内心喜欢。她矛盾,我也矛盾。没事,又不经常吃。我每次都这样回答她。

　　晚上,女儿对我说,今天的甜品味道特正,美味无比。她一下午效率都非常高,心情也特别好。她说,妈妈,你给我送热量,也送了能量。

　　我心里暗想,你不是嫌贵吗?只要你喜欢,再贵,对妈妈来说,也是值得的。我亲爱的小孩,我愿意每天为你制造一些惊喜,让你开心快乐地成长,我也想你长大后,让我收获一些惊喜,相信你可以的。妈妈期待着。

奶奶来了

2016年9月4日　星期日　晴

婆婆生病了,打电话来说浑身没劲,身上到处是小红疙瘩,痒得要命。老公接到电话,急慌慌地赶到镇上去接。到医院做了各项检查,还好,可能是天气炎热的原因。

婆婆每次进城都是住在弟弟家,这次弟弟去了北京,要求到我家住一段时间,虽然婆媳相处了二十多年,但真正住在一起,还是头一遭,不知该怎样做一个好媳妇。婆婆身体不好,我们只能多做点好吃的。我赶紧地收拾房间,空调坏了,找师傅来修,被子全部搬到院子里晒,该洗的统统洗了。婆婆看到焕然一新的房间,很满意。

婆婆皮肤不好,我赶紧地吩咐老公去买排骨、水发海带,一起炖汤。婆婆从镇上带了新鲜的鳊鱼,红烧的,放了重庆的辣料,烧好后才发现这个菜有点辣,心中惶恐不安。菜上桌子,平时只有两菜一汤,今日换成了四菜一汤了,一家子都高兴,咧开嘴笑。厨房温度太高,我头发和衣服都湿透了,趁他们吃饭的工夫,我赶紧去冲了个澡,换了身衣服。女儿怜爱地看着我,主动将电扇对着我,一看碗里还盛着汤,女儿心细,她爸远远不如。我解释说一时心急,鱼烧辣了,婆婆说味道不错,吃了许多。我瞅瞅,鱼吃得差不多了,排骨汤没人动。

自己尝了尝,排骨汤味道不错。女儿善解人意,悄悄对我说,妈妈,排骨汤味道不错,海带特好吃。按理说,婆婆皮肤不好,该多吃些海带排骨汤,少吃点辛辣的,但话到嘴边,还是咽下去了。

女儿晚上写作业,婆婆在客厅看电视,声音有点大,但我也不敢吱声。可是婆婆一到晚上电话就来了,弟弟打来的,大姑打来的,一个电话,重复的都是那么几句话,但婆婆担心对方听不

到,声音老大,女儿眼泪汪汪,委屈地看着我,我也没办法,只能劝女儿忍忍。

婆婆早上起得早,老人家闲不住,起来就洗衣服,弄得衣架吱吱嘎嘎响,女儿晚上熬夜到十二点,早上刚睡得沉沉的,被吵醒了,心情不好,朝我发脾气,我也没法子,忍忍吧。

可能是我们越忍,越小心,婆婆越觉得我们当她是外人,不高兴,住了两天,吵着要回家。老公一脸的不开心,埋怨我没照顾好老人,我也一肚子委屈。

女儿从房间跑出来,拉着我的手说,妈妈,我觉得你做得挺好的,每天那么早就下班,变花样给奶奶做好吃的,还要做家务,天天要汗湿几身衣服,够辛苦的。我爸不理解人,你别理他。

虽然委屈,但心里还是蛮舒坦的。

女儿长大了,懂事了。

对于老人,我也希望自己多做一点,多尽一点孝心,以身作则,用行动感染和教育孩子。我相信,言传身教,才是最好的老师。

五彩面

2016年9月7日　星期三　晴

今天中午,给女儿做了五彩面,女儿好开心,心情大悦,有说有笑,大夸老妈手艺好。

老公也会做饭,但太懒,总是嫌麻烦,每顿饭都是将就,我不在家,爷儿俩总是炖鸡蛋、煮面条、蛋炒饭。有时候想想,我厨艺那么好,是因为家里有一个鲜明的对比,爸爸做饭不好吃,妈妈做饭肯定很香。

其实做饭跟做事一样,要用心,要有思考,有创意。早上上班的路上,就想好了中午的五彩面,要新鲜的肉丝,二两就够了。要有胡萝卜,切细细的丝,土椒不能少。这个季节的土椒,辣味十足,很醇厚的香味。女儿从小跟着我,爱吃辣,每个菜加点土椒,开胃,去湿气。今天特意加了点酱干丝,去油腻的,还有洋葱丝。女儿不喜欢吃洋葱,但也不排斥。大蒜拍几下去皮,备用。生姜一点点,切碎碎的末。

锅烧热后,加蒜、姜煸炒,放入肉丝,翻炒,加黄酒去腥味,倒了几滴醋。放入切好的胡萝卜丝、酱干丝、青椒丝、洋葱丝,早上买的新鲜毛豆米,很嫩的,洗了一把放入,增加点鲜味。翻炒,加酱油,入味。另一口锅里煮面条,水开后马上捞起来,过汤,冷水冲一下,倒入炒好的五彩菜丝中,加一点点水,小焖三分钟,撒上盐,撒上香葱。香喷喷的五彩面出锅了。

　　整个炒面的过程,父女俩有说有笑,靠在厨房门口,不停地吞口水。一人一盘,是青花瓷的盘子。桌上有豆腐乳、辣酱、小菜、皮蛋,够丰盛的啦。老公一边吃一边说,再来一份鸡蛋汤就好了。女儿补充说,营养过剩,够美味的啦,不需要。女儿提议,叫我下岗去开一家小面馆,最好是在她学校门口,保证能发大财。她老爸立马反对,这样的炒面,好吃是好吃,这么多佐料,这么多油,肯定亏本,千万不能开面馆。女儿想想,笑着说,反正我马上高

中毕业了,开不开面馆无所谓。

  女儿心情非常好,又说上学期高二学业水平测试成绩出来了,都是A,只有文综是B,对于一个理科生来说,考得比较理想。考得好,津津乐道,当然要表扬她,给她鼓劲,但也不忘记提醒她,学业水平测试只是小试牛刀,关键是看后面的高考,那才是显真本事的时候。女儿信心十足,不都是考试,有什么了不起。

  真希望她保持着这样的好心态,面对高考。只要她心情好、身体好、成绩好,家长就是最幸福的人。

  女儿说,这样的五彩面,最好一周吃一次,感觉生活都是五彩的,好幸福。听到女儿这样说,心里满满的幸福。我亲爱的孩子,只要你喜欢,做什么我都愿意。

有妈的孩子是个宝

2016年9月8日　星期四　晴

今天是大灵山拜山的日子,一大清早就带着《禅源太湖》摄制组前往,需要拍摄一组拜山的镜头。大灵山每年拜山都有上千人,场面壮观,气势宏大,是个难得的机会。重要的是我要参加拜山,为家人祈福。女儿明年就要参加高考了,来参加拜山,佛缘殊胜,功德甚大,希望菩萨加持,增长女儿的智慧,让她一切顺利。

昨天特意买了许多蔬菜,省得爷儿俩又去吃快餐。男人跟女人不一样,女人总是希望自己的生活完美、精致,男人总是希望自己的生活简单、自在。我做饭时总是要考虑到他们爷儿俩的口味和喜好,做上一荤两素,中午一定会做汤。他总是嫌麻烦,炒一个青菜,炖一个鸡蛋,还不愿意放油,肯定不好吃。每每我不在家,女儿就发出感慨,还是妈妈在家好,吃得舒服。

女儿中午一直跟她爸抱怨,学校门口的饭菜不好吃,也不卫生。早上吃的炒豆粑,有点发酸,吃了一半就扔掉了。买了炸麻

球,吃了一半就掉了,结果只好饿肚子,而且肚子不舒服,一上午叽叽咕咕的,要拉肚子的样子。老公中午要做饭,要洗碗,很不耐烦,根本不想听女儿诉说,批评女儿不懂事,校门口那么多好吃的,难道就没你吃的东西?太娇惯了,都是被你妈宠坏了。这样不吃,那样不吃,饿死算了。

晚上我回来,又累又困,倒在床上就睡着了,直到女儿晚上十点放学,我才爬起来。平常女儿回家都要坐在沙发上,吃一个水果,与我们说笑一会才去写作业。今天一回来就缩在房间里,也不吱声。我倒了一碗开水进去,摸了摸她的小脸蛋,女儿嘴动了两下,眼泪开始啪啪往下掉。我端了一把小椅子,坐在她的边上,一边抚摸她的头发一边捏捏她的手,女儿更委屈了,呜呜地哭,说爸爸骂她,不喜欢她。

我没有吱声,静静地听女儿诉说完,然后拿热毛巾帮她擦脸,将热水递给她。我装作若无其事地说,你爸爸就是性格不太好,你知道的,他那人就那样,心蛮好的,就是脾气有点臭。他每天接送,从不抱怨,回家还洗衣服、拖地,算不错的啦。今天看电视剧《中国式关系》,里面的父亲才糟糕,他的女儿上高二了,他却说女儿是上高一,然后看着女儿惊讶的样子,马上改口说,哦对不起,我记错了,你还在上初三。真叫人哭笑不得。女儿听了马上破涕为笑,心情改变了不少,又和我说了些班上同学之间的琐事,安心写作业去了。然后回过头对我说,妈妈你去睡吧,妈妈在家真好,有妈的孩子是个宝。

我倒下继续呼呼大睡,今天从早忙到晚,消耗了不少体能,得好好睡一觉。

晚安!我亲爱的女儿。妈妈相信你,相信你可以坚强地面对生活,对人对事都大度、宽容,一点点小委屈不算什么,希望你快乐地成长,爸爸妈妈都爱你,因为你是我们心中的宝!

第一次联考

2016年9月9日　星期五　晴

女儿第一次联考的成绩出来了。班级第6名,年级200名。虽然没有达到女儿的期望值,但比上学期期末那次联考进步了不少,有进步就有希望。女儿不是很满意,分析每一科失分的原因,也分析了进步的原因。失分是因为太粗心,很简单的问题居然答错了,事后才恍然大悟。进步是因为暑假宅在家里,做了几套同步试题,收获不小。她说其实也没有什么窍门,多读多做,自然就熟能生巧。十年寒窗,终于悟出了许多真理。我心欣慰,面对女儿一点一滴的进步。

今天,老公下乡去了,我们娘俩在家。早早买好菜再去上班,下班后赶紧到校门口接孩子,一分钟也不敢耽搁。回家放下包包就洗手做饭。娘俩的午餐可不能马虎,上午就想好了,中午做肉丝炒胡萝卜、米粉茄子、丝瓜蛋汤。有荤有素,香味满满,都是女儿爱吃的菜。女儿一边吃饭一边询问菜的做法,她分不清鸡蛋汤和煮鸡蛋,我告诉她,煮鸡蛋是用油煎好,煎到两面金黄,才加水煮。煮出来的蛋很香,但比较老,有嚼劲,油厚。鸡蛋汤里的蛋花是打在沸腾的水中,很嫩,少油,清淡。女儿点头,表示记住了。女孩子多教她一些烹饪知识,没什么不好。女儿现在会煮面、煮荷包蛋、炖鸡蛋,一个人在家,能做饭填饱肚子,不劳我烦神。

女儿特别喜欢吃米粉茄子。这是她从肉食生活到素食生活产生的菜谱。以前我们家常做的菜是炒肉、米粉肉、红烧肉,现在统统不吃了,排骨也不爱吃了,改成米粉烧茄子、米粉煎辣椒,味道也差不多,吃下去容易消化。人也是个奇怪的动物,天天吃肉吧,越吃越胖,越胖越想吃,恶性循环。现在不吃肉了,一点也不想吃,人清瘦了,感觉也舒服多了。女儿从小学到初中,一直偏胖。现在上高中,开始在意自己胖不胖了,吃东西很注意,我们家的素食生活就开始了。女儿说胖子脑瓜子反应迟钝,瘦子反应灵敏些。想想也不无道理。这样也好,我们就一起吃素吧,只要健康就好。

米粉茄子的烧法很讲究。茄子切好后,用温开水泡一会,将茄子里的涩水泡掉,洗净,加上土椒、蒜子,油开后蒜子先下锅,倒入茄子、青椒一起爆炒,加黄酒、醋,去涩味。放入几个干辣椒,配色,提香味。翻炒后加水,烧至九分熟,加入米粉,最好是手工粗米粉,拌匀,放点酱油,盐少许,起锅。那个香味,隔几层楼都能闻得到。女儿自然赞不绝口,大夸老妈手艺好,又鼓动我去开饭馆,想想还真可以考虑。

今天我还买了葡萄,女儿刚学会了将面粉放在葡萄里面一起洗,面粉溶化后,葡萄就很容易洗干净了。她说一个理科生,在生活中,学到的知识还是很实用的,不像热爱文学的人,是理想主义。她在说我,但我乐呀,我热爱文学不要紧,我培养了一个优秀的理科生呀,正好互补。

感恩的心

2016年9月10日　星期六　晴转阴

今天是教师节。五点半起床,送女儿上学。快到校门口的时候,女儿冲我笑,很亲昵地对我说,妈妈,祝你教师节快乐。我心里暖暖的,感动得一塌糊涂。我望着女儿走进校园,她穿着红色的校服,充满着阳光,充满着青春气息,就像东方冉冉升起的朝阳,明媚、热烈。我的孩子,我是多么爱你,爱你的阳光,爱你的青春,爱你的无邪。

昨晚在灯下翻看教师资格证,一直锁在抽屉里,很多年没有拿出来。女儿看到了,很惊喜,用敬佩的眼神看着我,然后低头盯着证件上的照片对我说,妈妈,你那时真是个美女。我看着她问,现在呢?女儿笑笑,用手在我脸上抚摸了下,很认真地说,我的妈妈永远都是美女。我乐呵呵地接过证书,这可是我站了八年讲台的成果,要好好保留着。

教师节的上午,陆陆续续收到学生们的短信,抽空给有联系方式的老师发信息。给石楠老师发了一个信息,想想还是给她发一个红包,石老师很高兴,发微信说给我画了一幅牡丹,石老师真好,像慈祥的奶奶,让人感觉很亲近。师者,传道授业解惑,这一路走来,帮助我的、关心我的、爱护我的,都是我的老师,让我心存感恩,感谢他们的栽培和呵护。

上午陪父亲去看乡下的老房子。父亲在城里住了两年,终究还是住不惯,乡下自在、清静。父亲年纪大了,思乡心切,有空陪他回乡走走,也是尽一份孝心。

父亲回乡去看房子只是一个托词,他想到奶奶改嫁的那个村子,去看他的继父。奶奶去世很多年了,爷爷有八十多了,头发花白,只剩下几颗牙,嘴巴干瘪干瘪的,说话中气却很足。他

的眼睛深陷着,眼窝周围一片黯然,仿佛他一辈子走过的岁月都藏在眼窝里,闪烁迷离,神秘莫测。爷爷说逢年过节,父母都要来看看他,他捏着我的手,对我说,你父母德行好。我心里暖暖的。从小到大,我经常听到老人这样夸父母,正是他们的德行感召着我,让我从小就学会了尊重别人、孝敬老人。如今,我也身为人母,孝敬老人的美德又潜移默化地传给孩子。

在一个家庭中,父母教育子女,真的不是规定他们去做什么,或者限制他们不能做什么,而是爸爸妈妈们,你们在做什么。你们所做的一切,孩子都看在眼里,记在心里。所谓的言传身教,就是这个道理。父母对子女,如春风细雨,润物无声。

我的孩子,看到你写给老师的贺卡,我心里满是赞许。希望你永远有一颗感恩的心,也感谢你对妈妈教师节的祝福。

食指伤

2016年9月11日　星期日　晴

　　今天是周末。女儿进入高三以来,每天的节奏加快了,周日也要到学校去上自习。还好,周日的早上可以多睡一小时,六点半起床。

　　细细一算,女儿每天只能休息五个小时,睡眠严重不够,可是有什么办法呢?写不完的作业,做不完的试卷。每天都在赶、赶、赶。女儿说,妈妈,你不知道,重点中学的学习节奏,哪一分钟,你停下了,别人就赶到你前面去了。没法子,只好一直奔跑,喘口气都要留神,不然掉队了。

　　我完全能够理解女儿的辛苦,作为母亲,我也心疼自己的孩儿。但是,我亲爱的孩子,你知道吗?这样快节奏、高效率的学习生活,是多么的难能可贵,是多么的值得珍惜和拥有。很多年后,当你走上社会,再回过头来看你今天的生活时,你会感到幸福和欣慰。在人生的道路上,你努力过、奋斗过、拥有过。真的,这是一件美好幸福的事情。

送女儿到校后,到菜市场转转。平时都是匆匆忙忙,在路边买些小菜。今天可以补充些生活物资了。父亲老早就念叨着,想吃红烧蹄髈,今天可以做了。妈妈最近睡眠不好,买点红枣回去,熬点红枣汤,让她补补虚。女儿喜欢吃油煎豆腐,今天也有时间做。菜买齐了,赶紧回家,该洗的洗,该炖的炖,该配的调料配好。然后赶紧地打扫卫生,洗洗刷刷。一看钟,接孩子的时间快到了,匆匆往学校赶。

女儿一进门就闻到了香味,赶紧打电话给外公外婆来品尝美味。我在厨房磨刀,突然一闪念,手碰到刀上了,女儿听到呼叫声,一个箭步冲到厨房,她紧紧捏住我的手,安慰我别紧张,打开水龙头,将我受伤的手指放在水龙头上冲洗,她说刀有锈,冲一下,放掉点血,安全些。我脑子一片空白,傻傻地看着她。她麻利地打开药箱,取出碘酒擦在伤口上,我疼痛难忍。她平静地说,有点痛,但杀菌消炎,没事的,接着将云南白药撒在伤口上,倒了大半瓶,血还没止住。我看着眩晕,不知所措。她跑到房间,拿出她的白手绢给我包扎,扎得很紧。我感激地望着她,那可是她心爱的白手绢,她平时都舍不得用。

她看着我紧张的样子,镇定地说,还是去趟医院吧,最好打破伤风针,防止感染。

哦,哦,哦。我赶紧地背起包,往外走。她冲我笑笑,没事的,别紧张。

我哪能不紧张呢?太突然了。我小时候,手被刀伤,随手在地上撒点灰,过几天就好了。现在咋变得这么娇气呢?还要打破伤

风针,有那么严重吗?

到医院挂急诊,医生看了伤口后,说处理得非常好,伤口已经不出血了。打一针破伤风针,就可以回家了。我喜滋滋的,随口说,我家有贴心小护士。医生看着伤口,点点头,怪不得。

回到家,他们还在等我吃饭。爸妈看着当然心疼,舍不得我,连连怪我不小心。女儿帮我盛饭,给我舀汤,询问我的伤口,问我疼不疼。一副小大人的样子,好像她是家长,我是小孩。她爸下乡了,她不停地打电话,催她老爸赶紧回家。

我心里暖融融的。谢谢你,我亲爱的孩子。这点伤不算什么,你的关心、你的爱、你的镇定,足以治愈我所有的伤痛。

在人生的道路上,难免磕磕碰碰,关键是我们以怎样的心去面对。我相信,今后的人生路上,无论风,无论雨,我的孩子,你都能够坚强、乐观地面对,笑对人生。

爱心晚餐

2016年9月12日　星期一　晴

今天中午,女儿跟我说,妈妈,你的厨艺一流的棒,你应该去当大厨,听说工资待遇好,还可以节约生活费。我看着她,妈妈要去当大厨了,谁给你做饭呀?小丫头恍然大悟,使劲点头。妈妈,我是看你整天码字,太辛苦了。其实,当什么大厨,当我和爸爸的私房菜大厨好了,说完跟她爸不停地做鬼脸,然后又讨好地对我说,妈妈,晚上给我送爱心晚餐吧,我今天特馋你做的菜。

好吧,难得我的手艺这么受欢迎。哪天要下岗了,开饭馆去。

下午下班提前二十分钟请假回家。煮饭,洗西红柿、土豆。西红柿剥皮,切丁,西红柿炒鸡蛋。土豆刨成细细的丝,干炒,快熟的时候加了点火腿肠。

五点半,准时到学校门口等女儿。来送饭的家长还真不少,可怜天下父母心。

女儿一蹦一跳向我跑来,迫不及待打开饭盒,一边津津有味地吃饭,一边赞不绝口。她嘴里包着饭菜,嘴巴油乎乎的,用手背

擦擦，还要不停地发表意见，不停地赞我的手艺。小丫头片子，说得我心里热乎乎的。只要你愿意，我真想天天给你做饭，看着你吃得饱饱的。满满的都是能量，正能量。女儿摸着肚子对我说，今晚上考试绝对能超常发挥，老妈你放心吧。一挥手，她已跑到了学校门口。

　　望着青春靓丽的女儿，我的心情也舒朗起来，忘记了手上还绑着创可贴，忘记了隐隐的疼痛，感觉生活真的很美好。

心灵感应

2016年9月13日　星期二　晴

楼下的合欢花盛开了，满树粉红的花朵，散发着淡淡的清香。站在我家六楼的阳台往下望，一片红云。每天有许多蝴蝶在树梢上飞舞，有时候，蝴蝶会飞到我家的阳台上，围着阳台上的几盆花窃窃私语。

女儿每天放学回家，都会跑到阳台上，看她的花儿。那是暑假的时候，她在一个花农那里买的种子，撒在瓦钵里，天天浇水，没几天就发芽了，一个多星期就长了好看的苗子。有满天星、太阳花、勿忘我、玻璃翠。这些名字，一个个都招惹人，直叫人怜爱。我喜欢。对待花儿，要像对待自己的孩子一样，要用心呵护。只要你爱，所有的花儿都会绽放。只要有梦想，任何高度都能抵达。

我有时候很奇怪，蝴蝶为什么会知道我家六楼的阳台有花儿呢？女儿说，那是心灵感应。我们有时候趴在阳台上，不说话，手牵着手，望着楼下满树的合欢花，满树的红云，飞舞的蝴蝶。我们静静地望着，无声胜有声。有一种蓝色的蝴蝶，以前很少见，是

那种宝石蓝,很尊贵的。还有一种紫色的,像我在江南见过的紫蛱蝶。女儿说,她观察了,大概有几十种蝴蝶。怪不得女儿每天上学,都会在树下仰望半天。她说,她对蝴蝶充满敬畏之心。

真是难得。紧张的学习,天天忙忙碌碌,还有闲情观赏蝴蝶,更难得的是充满敬畏之心。

在这个浮躁的当下,只要我们对任何事情充满敬畏之心,还有什么做不到的呢?

晚上,女儿跟我说,她今天在学校清理抽屉的时候,把手弄伤了。跟我一样,是食指。又一个食指伤。我心疼不已,捧着她的手,责备她,你怎么这么不小心呢?

女儿不以为然,笑着对我说,我舍不得你一个人痛,跟你做个伴,就当是心灵感应吧。为了配合她,我赶紧捂着心口说,怪不得我一晚上心口老痛,原来是心灵感应。女儿拍拍我的肩,咯咯地笑了。

望着女儿在灯下写作业的身影,我感觉好满足。感谢上苍给了我一个懂事的好女儿,孩子是父母的心头肉,不管你在哪里,是天涯还是身边,我们的心一定是有感应的。

正确面对烦恼

2016年9月14日　星期三　晴

今天,老公又下乡去了。早晨起来,买菜,上班。下了班,赶紧到学校接孩子,回家就往厨房里钻。十几年来,我一直过着这样的生活,忙忙碌碌,充实而美好。

女儿鼻子尖。我在厨房忙碌,她隔几分钟就跑来望一下。后来干脆洗了手,来给我当下手,平时这都是她爸的活儿。加点盐,放点酱油,洗个盘子。她乐在其中。她不时点评着菜的咸淡、色泽、口味。天哪,口味越来越刁,我这个私厨不好做呀,天天挖空心思研究菜谱。

今天做了肉沫炒粉丝。肉是新鲜的,切成碎碎的沫儿,油热后加蒜泥、姜末、辣椒丁,爆炒。粉丝是山芋粉丝,农家手工做的,上班时就泡在水里,捞起来放进肉沫里,加点炖好的骨头汤。小火慢炖入味,加了点盐、糖、酱油,放点葱花,出锅了。女儿欢呼,只要这一个菜就够了。

趁她乐乎的劲儿,煮鸡蛋上桌了,那是她的最爱,也是我的拿手好菜,一个星期要试那么两次,已练习得炉火纯青了。

饭熟了,另一个锅的油焖豆角也熟了,那个香味,诱人得很。女儿说那是田园气息,农家土豆角,味道就是不一样。

娘儿俩美美地享受午餐,然后各自洗脸、敷了面膜,躺在沙发上闲聊,不知什么时候睡着了,直到闹钟把我们吵醒。

正出门时,预定的月饼到了,私人作坊限量版。包装很精致,女儿一脸的喜悦,她赶紧拆了一个放进书包里,朝我做鬼脸。谢谢妈妈,这样多能量,足足的。

其实,做父母的,只要孩子快乐,我们就知足了。我们愿意尽一切所能,给孩子提供良好的学习环境,改善生活,让孩子全身心地投入学习中。

女儿中午睡觉的时候,悄悄对我说,班上的女生屁屁上都长了包,她也一样,难受死了,说完翘起小屁屁让我看。她的语文老师说,高三,就是要坐得屁股生疮,果然灵验了,高三才开始,屁股就生疮了,这个难受劲啊,苦不堪言。我安慰她,是因为天气太热的原因,现在天气转凉了,慢慢就好了。上次,她的额头和脸上都长了痘痘,烦恼不堪,不知她在哪里学到的好法子,晚上睡觉的时候,涂点牙膏在脸上,几天就消掉了。我叫她再试试这个办法,她笑而不语。青春期的烦恼,总有说不出口的事,没什么,只要我们正确地面对就好了。

可怜的孩子,每天在教室里坐十几个小时,不生疮才怪。学子不易,十年寒窗苦。我跟她讲欧阳氏先祖的故事,相传欧阳姓氏都是越王勾践的后代,越王勾践"头悬梁,锥刺股",卧薪尝胆,吃得苦中苦,方为人上人。女儿平静地说,道理谁都懂,关键是经历不容易。是的,我们一生不缺乏励志,不缺乏梦想,不缺乏追求,关键是我们追求梦想的过程,才是至关重要的。

我欣慰地看着女儿,因为她已经懂得了,追求梦想的过程就是奋斗,就是一天天地积累。

第二辑 衣带渐宽

活得像自己

2016年9月15日　星期四　晴

　　女儿班上有一女神,秀美文静,女儿每每跟我说起,眼里都是艳羡。我只是静静地听着,没有发表任何意见。终于有一天,女儿突然问我,妈妈,我和女神站在一起,你更喜欢谁?我肯定地回答,当然是喜欢你呀,因为你是妈妈的心肝,是妈妈的骨肉,不管你是怎样的孩子,在妈妈的眼里,你都是最好的。

　　女儿很满足地吸了一口气。然后告诉我,女神真的很棒,成绩好,字写得好,身材好,皮肤好,感觉老天爷对她特别眷顾,她什么都好,而且谁都对她特别好。我淡淡一笑,世界上哪有那么完美的人?难道她一点缺点都没有?女儿想了想,笑着说,也不是那样完美,她特别小心眼,见不得别人好,别人比她优秀,她就很生气。我看着女儿说,其实,你们只是看到她的表象,你们并不了解她的内心,她为什么不喜欢别人优秀,说明她自卑,或许她也有不如你们的地方。女儿很释然,笑着跟我撒娇,她说,老妈,我总是担心自己不如别人,您这样一说,我心里踏实多了。不然每天看到女神,压力蛮大的。

女儿告诉我,刚开始班上有许多女生模仿女神,女神说话、走路、写字,都成了她们的典范。后来大家都觉得别扭,觉得还是做自己好。

我说我就喜欢你做自己的样子,不要去模仿别人,你要相信自己,所展示的一切都是棒棒的。我们每一个人都有自己的优点,都有自己的特色。用心生活,用心展示。相信太阳可以发光,星星也可以。我搂着她给她讲故事:

我有一个好朋友,文章写得漂亮,每年有几百篇散文见报,已经出版了好几本书,知性优雅,快四十的人了,身材姣好,天天打扮得一朵花似的,身后的追求者不乏其人。有一年,我去她所在的城市看她,才知道她过得事事不如意,在单位受人排挤,因为文章写得好,大家都认为她不务正业;在家先生也不喜欢她,认为她不食人间烟火,两人形同陌路。她还哭着告诉我,这些年拼命地写作,身体大量透支,头发花白,不断脱落。尽管我不停地安慰她,但还是无法赶走她心中的悲凉。

记得在一本书上看到一个故事,一个杂耍演员,每天到市中心进行杂耍,他的表演赢得了无数的掌声,很多人心情郁闷,看到他的表演后心情都会好转,人们称他为快乐王子。可是有一天,他去看心理医生,诉说自己心中的苦恼,他甚至抱头大哭,倾诉他每天像猴子一样供人取乐的痛苦。他给无数人带来了欢乐,自己内心却痛苦不已。

所以,我们有时候看到的并不是事物的本质,只是表象而已。一个人过得好不好,快乐与否,幸福与否,只有他自己知道。因为这些要靠他自己用心去感悟,去体会。而我们自己,只要用心努力,好好地活着,让自己活得更鲜活,更朴素,更像自己,那才是最完美、最精彩的自己。

不以物喜，不以己悲

2016年9月16日　星期五　晴

每年暑假，女儿都要到网上购买些小礼品，因为一开学，就有很多同学过生日。然后她过生日的时候，也会收到许多同学送来的礼物，都攒了一大抽屉。我启发她，其实你也可以将这些礼物送给其他的同学，大家互相交换，收获的是一份喜悦与快乐，并不是礼物本身。她振振有词，那怎么可以？别人送你的礼物，你会轻易转送他人吗？那是对别人的不尊重。再说，这么多让人喜欢的礼物，我自己留着多好，看着都喜欢。这些礼物送来送去的，耽误了她不少时间，我看着有些不高兴，然后女儿居然告诉我，老妈，你别瞎操心，用不着紧张，我只是偶尔看看，让自己有一个好心情，不会玩物丧志的。

只要她高兴，那就随她吧。

周末去郊外摄影，又累又渴，到山脚下的一座寺庙里去讨水喝。给我们开门的是一位比丘尼，有些年纪了，但慈眉善目，一脸的安详。她洗了手，洗了茶具，给我们泡了一壶很酽的茶。我们喝茶的时候,老比丘尼又招呼徒弟给我们拿了花生和饼干。窗外是她们自己种的菜,白菜、萝卜菜刚刚出苗,绿油油的。丝瓜、南瓜的藤蔓爬满了对面的瓦屋和围墙,开着好看的黄花。墙角下有几株芙蓉,开得从容,大朵大朵,有几株还伸到院墙外,从花墙的缝隙里朝里张望,俏皮得很。禅房的门口有三盆好看的花儿,紫色的,小朵,一个小比丘尼见我看得痴傻,悄声告诉我,那花叫玻璃翠。好纯净的名字,一下子就刻在我心里。我笑着合掌对老比丘尼说,老师父,您这里是花坞呀!老比丘尼合掌回礼,施主过

奖。临别时,我要给茶钱。老师父合掌拒绝了,然后一直将我们送到寺院的门口,看着我们远去。

我回来将寺庙的情况告诉女儿,女儿笑笑说,这些比丘尼是清修,不会为你那点儿茶钱所动的,这叫不以物喜,不以己悲,懂吗?我当然懂,但我更希望女儿懂,她的回答让我感动。孩子长大了,有自己的思想、自己的见解,不要以为他们什么都不懂,其实他们心里明白。做家长的我们,只需要好好引导、好好启发,就像城郊寺庙里的老比丘尼,用自己的睿智、恬淡,潜移默化地教育着我们、感化着我们。修行,实际上是一个修心的过程。不以物喜,不以己悲,正是她们修行的境界。孩子们从小学到高中到大学,不断地前进,何尝不是一次修身修行?

等有空了,我一定要带女儿去城郊的寺庙看看,让她身临其境地感受一下寺院的清幽、雅静,感受一下老比丘尼的恬淡、豁达,去接受一次心灵的洗礼,真正做到不以物喜,不以己悲。

什么也不做

2016年9月18日　星期日　晴

　　一个月总有那么小半天,女儿会罢工。不看书,不看电视,也不梳妆打扮。穿着睡衣,傻乎乎地发呆,有时候会倒腾她小时候的娃娃,给娃娃扎各种式样的发型,要么躺在沙发上吃零食。这个时候,就随着她,不干扰,装作没看见,给孩子一个空间,让她身心都休息休息,彻底地放松一下。

　　明白一把沙子握在手里,越是握得紧丢失得会越多。干脆放任她去玩,给她足够的空间。陪着她弹琴,坐在边上欣赏;陪着她画画,给她调各种颜色,看着她把我的工作室弄得乱七八糟,也不恼火。甚至跟她一起疯,把搁置很多年的衣服、围巾扔得一屋子都是,娘俩疯疯傻傻地走型台,故意将电脑中的音乐声弄大,旁若无人地吼一吼。累了,两个人对着天花板发呆,然后相拥而眠。醒来后又开始奋斗。

　　这两天我的厨艺大长,炒面条、炒粉丝,是绝活,简直可以参加比赛了。现在又学会了红烧土豆、清炒蘑菇。那味道,简直绝了,只可意会,不可言传。女儿一再强调,我可以去当厨师。我也相信,什么时候去开一家私房菜馆,生意应该不错。

女儿休息了半天,又吃了可口的午餐,自然精神抖擞。学习是要讲究效率的,劳逸结合。不要太紧张哦,适当地放松也是需要的。

渐入化境

2016年9月29日 星期四 雨

女儿昨天月考,这是这学期第二次全校月考。昨天中午送她上学,小屁孩站在车门口,对我说,妈妈,你祝我下午考好。我顺口说,祝你考一百分。小屁孩一下子蹦老高,妈妈,你真是糊涂,下午考语文,满分是一百五十分。我吐吐舌头,表示抱歉,赶紧改口祝她考一百五十分,小屁孩一蹦一跳,向学校蹦去,看样子心情不错。

女儿晚上回家,坐在沙发上,跟她爸说得落花流水。这次月考,物理考得太好了,几乎所有的题目都会。这一段时间,花了很多时间和精力在物理上,果然见成效了。她居然骄傲地说,物理也没那么难。以前每次考试,都是物理拖后腿,拉总分,让她苦恼不已。没想到居然这样轻松。她爸说,只要你用心学,真正地学进去了,哪一门课都不是问题。我放下书本说,那叫渐入化境。父女俩奇怪地看着我。

读书须入化境。这是王阳明的《传习录》中的一句话,是读书

的一种至高境界，人与书都渐入化境，二者融为一体。女儿以前很害怕写作文，后来爱上了看课外书，觉得写作也不是什么难事，渐渐不那么害怕了。记得小学五年级的时候，女儿因出去旅游，让我帮她拿成绩单，我在暑假作业上私下加了一条，每天一篇日记，不少于八百字。女儿游玩回来，郁闷了很长时间，甚至哭鼻子。后来开始静下心来，看书思考，每天坚持写日记。暑假结束，她的六十多篇日记也写好了，而且越写越顺畅，越写越精彩。开学了，女儿兴冲冲地交上作文，老师大为惊讶，在班上给予表扬。女儿丈二和尚摸不着头脑，回家傻乎乎地乐了两天，从那以后,她再也不害怕写作文了。其实,孩子有时候是要逼逼她,把她内在的潜力给逼出来,让她正常发挥。然后再慢慢梳理、引导,让孩子乐于接受,然后自觉地去学习,这样才会渐入化境。

说到这次的考试,女儿说也有遗憾,化学没有考好。她说这段时间,将精力放到物理练习上去了,物理成绩上去了,化学成绩却降了。我说你真是顾此失彼。好在其他科目还稳定,不然真是捡了芝麻丢了西瓜。女儿笑着说,没那么严重,只是有一点点倾斜而已。她说,我把握得住。我听了很欣慰。希望她真的能够把握,然后读书渐入化境,化退为进,化懒为勤,化腐朽为神奇,如此出神入化,渐入佳境!

考试成绩揭晓

2016年10月1日 星期六 雨

这两天下雨,刮很大的风。突然降温,很不适应。赶紧将秋冬的衣服都找出来,女儿看到许多去年买的衣服,很惊喜,像遇到老朋友一样,一件件比画、试穿,喜欢得很。女儿是一个节俭的孩子,衣服小了旧了,都舍不得扔掉。她的衣柜里,还有小时候买的裙子,还有中学时的衬衫,领子都发白了,还整整齐齐地叠好,珍宝一样收藏着。她从幼儿园到高中的书本,都完好地保存着。这一点像我,聚财,不奢侈,不浪费。爱惜一衣一物,何尝不是惜福?

这次考试的成绩终于出来了,女儿考了第四名,比第一次月考进步了三名。巧合的是这次她和女神名次并列,要知道女神一直是她追赶的目标,这让她很振奋。国庆节放假,我们强烈要求她放松下,她坚决不同意,说自己刚刚有了一点进步,怎么能放松呢?再说女神这次没考好,放假肯定回家认真复习,抓紧追赶了。她若不努力,那岂不是要后退一大截子吗?我们觉得她说得在理,默默支持她。尽量减少外出,减少会友,减少应酬;尽量改

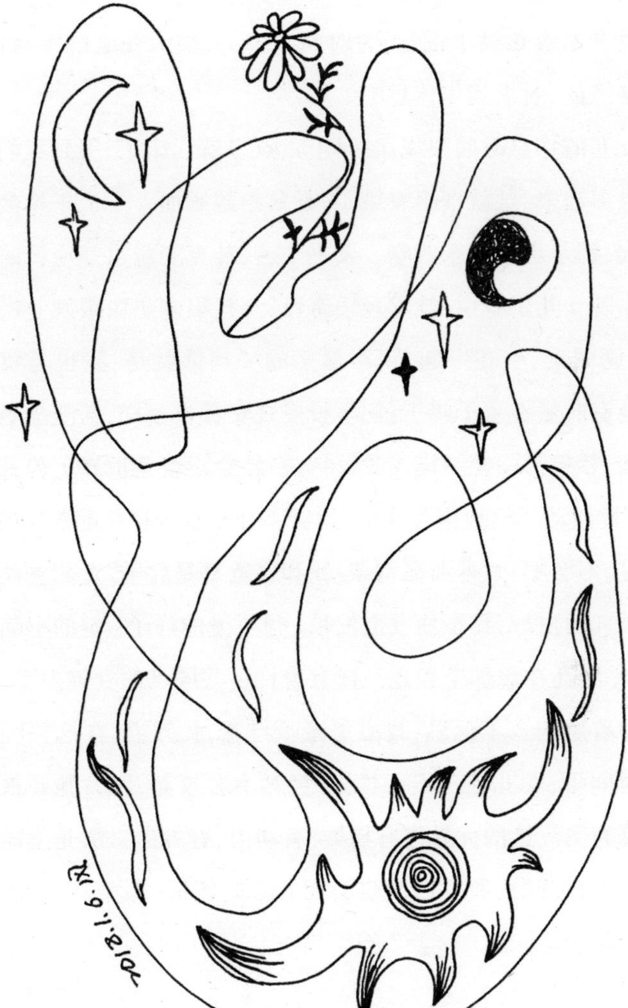

善伙食,平日里因为上班赶时间,将就的时候比较多;尽量不干扰她的学习,手机调成震动。

我开始看长篇小说,因为时间太多了,整天在电脑上写作,头昏脑涨的,看书当作休息吧。

女儿的作息时间很规律,早上六点多就起床了。等到我们睡到八点多起来,她就嚷嚷着饿了,赶紧给她煮面。一上午她会休息两次,都是出来找东西吃。读书辛苦,补充能量也是应该的。

昨晚女儿跟我说,她发现很奇怪,女神很多想法跟她一模一样,她俩同桌,坐在一起,说得最多的一句话就是,我也是我也是。她有时候在家干吗了,回学校发现女神也一样,甚至她俩很多想法、梦想都一模一样。我逗她说,她会不会是世界上的另一个你? 她激动不已地抱着我问,她会不会是我的孪生姐妹? 我摇摇头说,不会吧? 女神那么苗条,我和你爸都是胖子。女儿立刻就像泄了气的皮球,靠在沙发上发呆。很可爱的样子。她的小脑瓜子里,一定还在想那个和她一样有着许多共同点的女神。

看着她陷入了沉思,我心里暗暗得意,我知道,在这关键的一年时间里,女儿绝对不会松懈,绝对不会放弃,因为她要跟女神比翼齐飞。她的世界里有榜样,有动力,有方向。那是怎样一个美好的世界呀,我有时候也会闭着眼睛憧憬,那美好的、无邪的青春时光。

爱就是陪伴

2016年10月5日　星期三　晴

今天值班,在办公室编制明年的预算,忙得晕乎乎的,但心里一直记挂着家里的小屁孩。女儿说,上一次我去值班,爸爸出门见同学了,她一个人在家里无聊到爆,一点写作业的心思都没有。我问她为什么。她说也不知道为什么,只觉得心里空落落的,你们俩都不在家,我心里特别不踏实。

其实,这样的经历我也有过。女儿在家的时候,老觉得她耽误了我写作,老公在家的时候,总认为他看电视影响了我看书,实际上,他们俩都不在家,我才什么都不想干,心里空落落的,用女儿的话说一点都不踏实。

下午快下班了,我给女儿微信:小屁孩,妈妈想你了。

没想到她很快就回了:老妈速回,我好无聊。

平时女儿的手机都是关机状态,看样子她的状态确实不太好。昨晚她跟我说,班上哪个哪个同学去哪儿旅游了,我顺口说,你都高三了,打住吧。女儿翘着小嘴说,高三也不必一天到晚这么宅吧?想想也是,小屁孩关了四五天了,该带她出去透透气了。

我赶紧发信息,出门吧,老妈下班了,楼下接你。

很快回了,老妈万岁。

我把车停在楼下的过道上,合欢花还是热烈地开着,许多蝴蝶追逐、飞舞、忙碌。阳光暖暖地洒在树冠上,每一朵都在阳光下微笑。这才是生活的样子。我的孩子,你花儿一样的年龄,应该享受阳光雨露,和蝴蝶一起嬉戏。我怎么可以天天逼着你学习学习?总该让你轻松一会,喘口气吧?

你下楼了，背着小挎包，白衬衣、黑裤子，外面随便套了一件风衣，很洒脱的样子。你的脸上满是阳光，满是青春，满是快乐。你兴奋地朝我跑过来，朝我挥手。

我问你想去哪，你说只要跟妈妈在一起，哪都行。我们往郊外开，天气好得很，天高云淡，阳光明媚。出了城，就看见黄灿灿的稻田，女儿尖叫，她很激动，趴在车窗上问这问那。看到了一片甘蔗园，许多人围在那买甘蔗，我们也想买，但看到人多，想想还是先去玩吧。女儿一路上回忆小时候，我带她来挖荠菜，带她来看油菜花，来看紫云英。原来这些她都记得。有时候，我常常问自己，爱是什么？其实爱就是陪伴。

我们在湖边看夕阳闪闪烁烁，渔人划着小木船在波光粼粼的湖面摇曳，湖对岸有新人在拍婚纱照。我坐在水边的石墩上，不停地给女儿拍照。我喜欢这样纯净的湖水，喜欢这样无邪的青春，喜欢这温情的艳阳天。

我带女儿去湖畔的玫瑰园，里面是一家摄影公司的基地，有各种各样的鲜花，开得热烈艳丽。许多摄影师在里面穿梭，捕捉生活精彩的瞬间。我和女儿去荡秋千，女儿好开心，不停地笑，说等我和她爸老了，她要去重建乡下的房子，给我们建一座花园，里面有秋千，有茶室。我真期待那样的日子。这个季节，玫瑰、月季、美人蕉、玻璃翠……都开得绚丽夺目，缤纷的色彩，千奇百态的花姿。我忙着给她拍照，她不停地换姿势，每一张都精彩、都美丽、都动人。一直到园里游客散尽，太阳也下山了，我们才驱车沿湖往回走，女儿游兴未尽，我说明天再带你去爬山吧，女儿想了想说,算了吧,妈妈,那样太奢侈了,我已经心满意足了。还有许多作业未完成呢。

　　我欣慰地笑笑,我的小孩就是这样,很容易满足。作为我们家长,每天总是巴不得孩子学习学习,其实孩子也需要休息,需要爱与呵护,需要关心与陪伴。过节了,家长们都在忙什么?是不是跟我一样,偷得浮生半日闲,专心地陪伴孩子,和孩子一起守护着幸福的时光?

保持童心

2016年10月7日　星期五　阴

今天，女儿一大早就起来了，为下午的返校做准备，在家宅了这么多天，作业应该做得差不多了，我询问她的时候，她傻乎乎地看着我说，你以为高三有多少作业？老师很少布置作业的，基本要靠自觉才行。

昨晚带她去弟弟家玩。弟弟家有两个孩子，大宝上高一，小宝才一岁。正好小宝不在家。她和大宝趴在玩具堆里，玩得津津有味，积木、小汽车、会叫的玩具、气球，两个人玩得专注而开心。我说你们个都比我高，怎么会热衷于小宝的玩具？两个人异口同声地说，有意思。我说回头去买几样给你们，两个人都点头，好啊好啊。细细一想，现在的小孩，生活确实单调，天天读书读书，不准看电视，不准上网，不准上街，不准在外面乱买吃的，除了读书，还准他们干什么？怪不得他们见了小儿玩具都会乐呵，都会开心，让他们好好玩一会吧！我在一旁看着他们有说有笑，看着他们纯真的笑脸，心里装着满满的幸福。

060

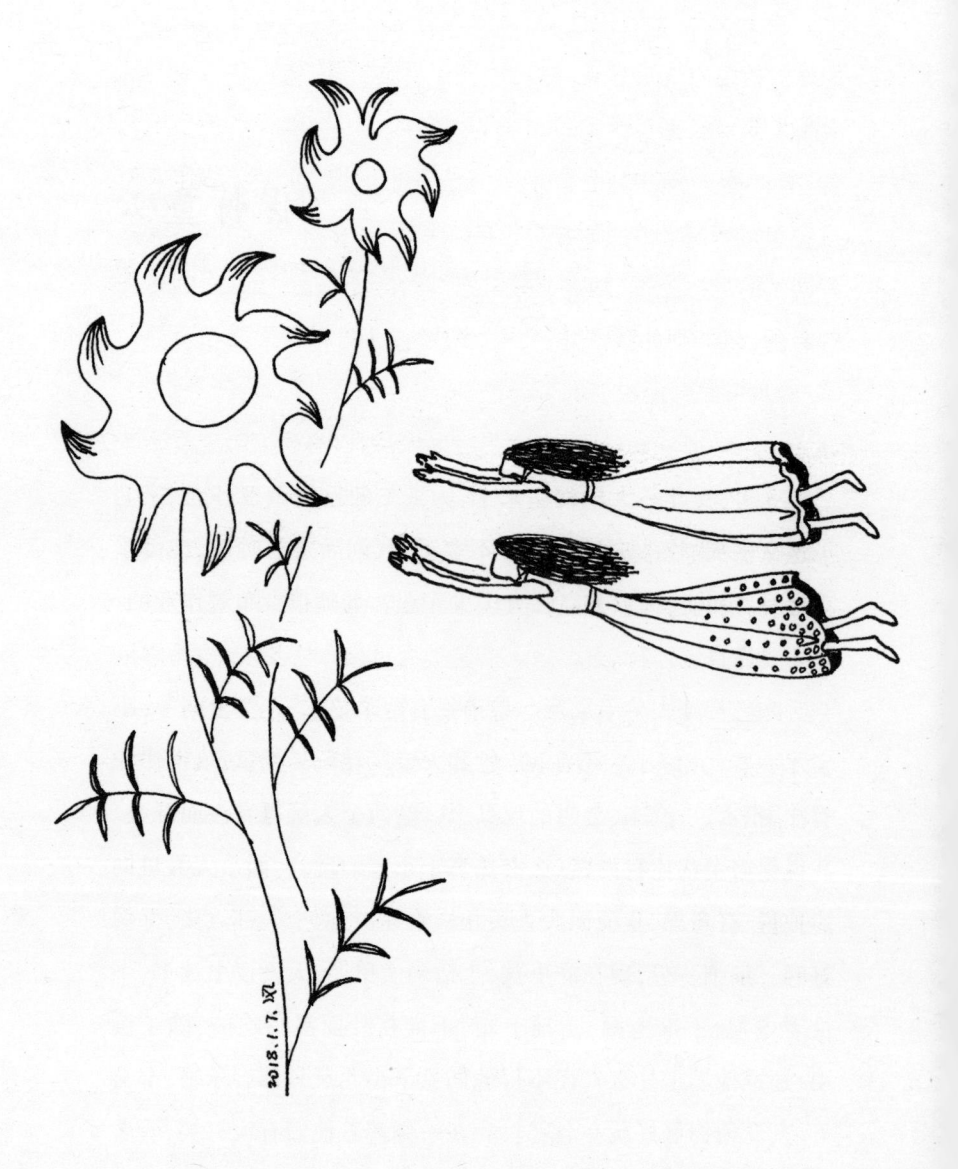

晚上,女儿下自习回来,津津乐道地讲学校的事情。班上有同学放假没有完成作业,被班主任何老师批评。何老师将他们的名单发到家长群里,惹得家长们议论纷纷,被批评的孩子更着急,担心晚上回家挨批,个个对何老师有意见。女儿虽然作业完成得很认真,但班上发生了这样的事情,她作为班长,要出面做好同学的思想工作。她对那些有意见的同学说,其实何老师挺不容易的,何老师的孩子才三岁,刚上幼儿园,她整天操心班级的事,对孩子照顾的少。我们都要理解何老师,支持何老师的工作。她还在班上回忆自己小的时候,妈妈在职中教书,每天骑着摩托车来去匆匆,她经常挂着钥匙上学,放学回家要自己煮饭,还要帮妈妈收衣服、打扫卫生,才小学三年级,她就会自己做饭做菜。有时候,妈妈上晚自习,她就坐妈妈的摩托车陪妈妈去上班,下班回来很晚了,妈妈担心她在摩托车后座上睡着了,不停地跟她说话,陪她唱歌。有一次下大雪,路上结冰了,摩托车滑倒了,她和妈妈摔得好远,妈妈哭喊着她,她也哭喊着妈妈。说得许多同学都哭了。

　　谢谢女儿还记得童年时许多往事,这些过往,都是值得珍惜的,对她对我,都是励志的鸡汤。希望我的孩子永远保持着一颗童心,快乐地生活。

小　恙

2016年10月17日　星期一　阴转晴

14号,我去怀远参加省作协会议,散文《铜草花》获得金穗文学奖。15号,女儿在电话里告诉我,她感冒了。几天的会议,真是心急火燎。一路匆匆,马不停蹄地往回赶。

16号晚上到家。一颗心才安定下来。

女儿鼻子堵了,严重感冒,声音沙哑。她爸买了药,买了水果,按照医生嘱咐,叮嘱她多喝开水。可是老不见好,干着急。我放下行李,去抱女儿,她眼泪汪汪的,像霜打的茄子,无精打采。以往我出差回来,她会去翻看我的行李,找我带给她的礼物,这次她问都不问,也不看我,歪在沙发上,我心里难过极了。给她倒水,嘱咐她吃药,叫她多喝水,她只是点头,不说话。她说心里难受,我安慰她感冒都那样子。

她上小学的时候,有一次我出差,她在家患了腮腺炎,腮帮子肿得老高,看着镜子里的自己,一个劲地傻哭。我也是临时急匆匆赶回家。我回家给她冰敷,给她用仙人掌敷贴,用晒干的蒲

2018.1.6.完

公英给她煎水喝。一天就痊愈了。她说妈妈是良药。看到妈妈，所有的病都会吓跑。

她更小的时候，哪里受伤了，只要我亲一亲，她马上笑着说，好了好了，不痛了。

母爱就是这样神奇。

她要我送她去学校上晚自习。我看她情绪还好，放下心来。

回家打扫卫生，家里乱七八糟的。让人恼火的是，我出差前买的菜都还在冰箱里，肉臭了，酱干馊了，白菜蔫了。看来这两天爷俩又是下馆子、吃快餐、煮面条。日子怎么能将就呢？一个家没有女人还真不行。怪不得老话讲"女人家"，女人才是家的核心。

今天给女儿做了蔬菜面，放了胡萝卜丝、莴笋丝、青椒丝、肉丝、酱干丝，可谓五颜六色、丰富多彩。女儿像一只温顺的小猫，吃得津津有味。这两天她爸又是马铃薯、萝卜对付，搞不出什么花样，小嘴巴委屈极了。女儿一边吃一边赞叹，妈妈在哪，哪里就是天堂。妈妈做的饭菜，就是人间美味。

明天要早一点起来，去菜市场买点新鲜的鱼肉，炖点骨头汤，给她好好补一补。希望她快快好起来，投入紧张的学习中去。

想要成功,就别说不行

2016年10月18日 星期二 晴

这段时间老出差,冷落了女儿,这几天忙着给她加餐,天天变换着花样做好吃的,女儿感冒减轻了,人也精神了。回家就黏着我,跟我絮絮叨叨,很多的时候,我只是倾听,关键的时候才发表意见。

中午清理她的书桌时,我看到她的台灯上贴着"想要成功,就别说不行"。我看着心里暖暖的,女儿自尊心强,不甘落后,这段时间很用功,天天熬夜、起早,吃得少,消耗得多。苦了我的小孩,做娘的,只有心疼的份。

最近的测试,女儿又进步了不少。尤其是数学和物理,她以前总是有压力,现在轻松多了。作业做得多了,得心应手。她自己买了一套数学试卷,每天晚上做一张,做完以后自己对答案,对完以后手舞足蹈,兴奋地告诉我,她是如何完成的。我会奖励她一杯牛奶、一块饼干。小恩小惠,倒是很受用。

"想要成功,就别说不行",看来女儿是暗暗铆足了一股劲。

女儿长大了,懂得了学习的重要性,知道自觉地学习。我有时候看着她挑灯夜战,就忍不住感慨,我上高中的时候,如果跟女儿一样用功,也许能考一所好大学。女儿侧着脸看我笑,问我念书的时候是不是特懒,我说懒倒没有,我那时候不怎么懂事,也不知道要读书,要考好大学,只是傻乎乎天天,看名著、写诗歌,写了好几本诗集。现在想想那时候真有些幼稚。女儿说,你也没错,为现在的工作打下了坚实的基础。若没有那时候的梦想和热爱,现在也不会潜心投入写作上。想想也有道理。教书的时候,总是跟学生说,人一定要有理想,若没有远大的理想,有梦想也行。因为有梦的人生才会精彩。

想要成功,别说不行。我也可以作为座右铭。

与孩子交心

2016年10月20日　星期四　晴

出差回来,女儿偏要赖我跟她一起睡。

她下晚自习回来,还要写一个小时的作业,然后洗澡上床。我早已呼呼大睡。女儿很兴奋,好久没有陪我睡了,她把手伸进我的脖子里,到处乱挠。看到我惊慌地看着她,扑哧一笑,钻到我怀里,跟我说这说那,我也清醒了,跟她东扯西拉,说了半天话。她不停地跟我讲班上的同学,讲隔壁班的班花谈恋爱的事,讲老师上课的趣事。又跟我讨论了一会这个季节的衣服,说她该添几件衣服了,但不要太多,应付这个季节,明年上了大学买好的。我极力赞同,赶紧答应明天就给她买。

母女俩相谈甚欢,相拥而眠。

其实,与孩子交心是很重要的。经常放下所有的事,专心陪孩子,跟她聊天,哪怕是说无关紧要的事情,哪怕是闲扯,没有关系,至少你要让孩子知道,你很在乎她的想法,你很愿意听她倾诉。这样她才会把你当作朋友,才会与你交心,才会将烦恼和忧

069

愁都告诉你,你才会及时掌握孩子的思想动态,才会缩短和孩子的距离。

在我们身边,有许多家长,整天忙自己的事业,或者忙于自己的交际,或者是打麻将,反正没有时间陪伴孩子,不关心孩子的成长,更不要谈与孩子交心了。这样慢慢地与孩子之间的隔膜会越来越深,距离越来越大。到这个时候,就形成了明显的代沟,你再想回过头去与孩子交心,那就难了,简直不可能。

当我们的学校出现问题少年,厌学、离家出走、上网、早恋等等,我们的家长就开始怨天尤人,埋怨学校教育不力,埋怨社会管制出了问题,埋怨孩子不争气。其实,我们的家长真的该静下来反思自己,想一想自己哪里没有做好,是什么原因让孩子成了问题少年,是不是自己作为家长没有尽职尽责。尽早反思尽早发现问题,才是上策。

我经常对女儿说,我愿意今生永远做你的倾听者,做你忠实的朋友,随时随地,妈妈的怀抱都会向你敞开,等着你来,讲述你的故事,分享你的快乐,分担你的烦恼,还有保守我们之间的秘密。因为我爱你,愿意为你做出一切。

期中考试

2016年10月27日　星期四　雨

期中考试的成绩今天公布了,看这几日女儿的表情,就知道她这次考得不赖。打开班主任老师发在家长群里的成绩表,我的手有点颤抖,一看594分,班级第三名,年级105名。记得上一次月考,她的总分排名在全年级是210名,这次进步真是不小。再回过头来看她这次的分数,跟第二名仅仅差5分,跟第一名差13分。悬殊不是很大。女儿一直很崇拜的学霸和女神,这次排名都在她之后,这让她有一些小得意。

女儿悄悄告诉我,她跟学霸和女神学到了不少东西,特别是女神,学习习惯特别好,做作业速度超快,有条理。学霸更是,学习方法一套一套的,神乎其神。她跟他俩交流特别多,真是得到了真传。她说,她看到他们写作业的速度,真是急得心慌,可一段时间,发现自己提速特别快。这才总结别人的优点,发现自己的不足。慢慢地掌握了规律。

记得女儿上初二的时候,就是把比自己成绩好的同学当作

目标,然后将他们一个个比下去的,她经常在小台灯上写着,超越,多么重要。看来孩子自尊心很强,有一颗超越的心。这没有什么不好,如果每一个孩子都有一颗超越的心,有超越梦想的勇气,那么我们每一个孩子都是优秀的,都是有精彩未来的。

小别离

2016年10月31日　星期一　阴

最近,真是有很多的小别离。自从女儿进入了高三,一直很拒绝出差,但是还是没有办法,有些活动是没有理由拒绝的。

先是安徽省文学期刊主编联席会议在怀远召开,我们期刊去年成功举办了五千年文博园征文大奖赛,涉及颁奖、奖品、证书、稿费、样刊,一大堆事情要去会场处理。紧接着,《清明》编辑部举办2017年宣传推广暨策划会议在蚌埠召开。会议结束,回来紧锣密鼓布置中腾杯全省摄影大赛颁奖典礼,还来不及喘口气,安庆市作家协会第六届代表大会召开,作为太湖县作协主席团的一分子,我肯定要参加。可喜的是,我入选了安庆市作家协会主席团并担任协会副秘书长,在这个作家云集的团体,争得一席之地,也很不容易。

我从市里开会回来,得了荨麻疹,满身风团,痒得抓心,痛苦不堪。为了不影响女儿的学习,我尽量克制自己,不吱声。但半夜还是在睡梦中痛苦呻吟。女儿这几天很乖,格外体贴人,回来安

蜕变成蝶

慰我几句,就躲在房间里写作业,晚上也是自己找衣服洗澡,自己洗内衣,尽量不让我操心。母女之间,似乎形成一种默契,不需要太多的语言,她知道我想什么,我也知道她需要什么。这种很微妙的感觉,非常好。此刻,我只希望自己快快好起来,早早去买菜,变换花样做好吃的。

昨天又接到市里电话,参加望江笔会。晚上告诉女儿,她噘着嘴,委屈地看着我。我拍拍她的肩,对她说,你是大孩子了,学会照顾自己,妈妈是工作,没有办法推托。我相信你,很棒的。她笑了,点点头,主动抱抱我。

不知什么时候,女儿悄悄往我的包包里放了几块夹心饼干,她知道我胃不好,怕我受饿。我心里暖乎乎的,以前是我往她的书包里悄悄塞东西,现在反过来了。每次外出回来,不管去哪里,总是不忘记给她带点什么,给她一点点小惊喜。这也是我们之间的约定,属于我们两个人的不变的承诺。我喜欢。

这样短暂的一天或者两天的小别离,对于我来说,是一场牵肠挂肚的思念,是心事重重的不忍;对于女儿来说,是一个独立的机会,是一个成长的过程。每次外出归来,总觉得女儿长大了,懂事了,这也是让我欣喜的事。

现在提倡放养,我们总是喜欢紧紧拽住孩子,让他们失去了自我,失去了独立的机会,偶尔的小别离就是一个好机会。爱孩子,就放手让她自己去做吧,尊重她的想法,尊重她的选择,相信她。

生　日

2016年11月9日　星期三　阴

今天是女儿诗琪十七岁的生日。十七年，时间过得真快，弹指一挥间。孩子大了，我和她爸老了。

这两年，我感觉做事效率很低，体能也大不如从前了。稍微熬夜，发现头发都白了许多，不得不放慢节奏。无奈要为稻粱谋，每日还要打起精神奔波。女儿真不愧是我们的贴心小棉袄，暖心，体贴人。早上都是自己起床，晚上在灯下写作业，也从来不要我陪。有时候，我主动要求陪她，拿本书躺在沙发或床上，结果不是我看书，都是书看我，一会就呼呼大睡。女儿也不埋怨，悄悄给我盖好被子，继续写作业。有时候一觉醒来，发现都半夜了，我赶紧蹑手蹑脚上床去睡觉。

每年女儿过生日，都要请家里人一起聚一下。今年加了老公的几个好朋友，他们都带着老婆孩子，大家一起其乐融融。想到女儿明年就要在大学里过生日了，心里有些难过。专门去定做蓝莓慕斯蛋糕，孩子们一起热闹得很，看着女儿那么开心，我心里

也很安慰。

　　有时候想想自己这些年的创作，一直没有突破，感到焦急、忧心。但是看到女儿不断进步、不断成长，我心里又很安慰。在我的生活中，女儿才是我最得意的作品。

第三辑 蓦然回首

梦 想

2016年11月10日　星期四　阴

这学期，女儿学习的节奏明显加快了。上周，女儿跟我说，她这次月考超过一本线80多分，按照这个进度，她梦想的厦大也不是不可能。我跟她描述厦大的美景，她眼睛睁得大大的，央求我下载几张厦大的图片给她看看。赶紧打开淘宝，买了一套厦门大学的明信片。今天终于收到了。女儿好喜欢，赶紧贴在书桌前。她跟我说，有时候自己想松懈时，看看这些图片，立刻就有劲了，有动力了。

想想自己少年时，也是有梦想的，那时候一心想当一名教师，一直也为教师梦而努力。后来走上社会，参加了工作，心中的梦想却一直在。一次偶然的机会，参加县里的教师应聘，如愿以偿。当拿到中学教师资格证的那一刹那，心中的喜悦难以言表。后来，又想当会计，想当作家，想成为摄影家，一个个梦想，不停地为自己的梦想而努力，生活充实而快乐。

女儿小时候也有梦想，她害怕打针，一心想将来当医生，发

明一种不痛的针,减少病人的痛苦。后来她也有过当老师的梦,有过当科学家的梦。她甚至自己尝试着做一些小发明、小实验,信心十足。我想,只要有梦想,就一定能够成功。有梦想的人生,才会充实,才会快乐,才有意义。

我衷心地祝福我的孩子,希望她健康快乐地成长,为梦想而努力。长大后,她一定会明白,所有的追求梦想的日子,都是快乐的,都是有意义的、幸福的!

代理班主任

2016年11月14日 星期一 晴

昨天,班主任何老师外出培训,临行前,叮嘱女儿要维持班上的秩序,管好纪律。女儿上高中一直担任班长,可以自豪地说是班主任的得力助手。刚开始,我和她老爸都不支持,怕她担任班干影响学习,几乎天天叮嘱她要以学习为重。可一个学期下来,发现她学习劲头十足,似乎班长的职务没有影响到学习,反而增加了她的自信和威信。

她有时候冒一句,我是班长,说话还是蛮有威信的。看到她信心满满的样子,很为她高兴。

这次班主任何老师在班上宣布她临时担任代理班主任,这下小丫头就乐了,那个高兴和兴奋劲儿,真是甭提了。回家就滔滔不绝讲班上的事情,班主任的课临时改为自习,她坐在讲台上维持秩序,正襟危坐,那个神威,真是棒棒的。这几天,丫头明显吃得少了,以为她是为代理班主任的事情焦心,吃不下饭,细细问来,她说是怕吃多了,走上讲台突然放个屁怎么办,那不是要

蜕变成蝶

威风扫地,笑话死人?我忙点头称是,并回忆了我读书时,上晚自习,教室里静悄悄的,突然有人放了个响屁,大家哄堂大笑。娘俩找到了共同语言,开心地闲扯了半天。

  这两天女儿着装工整,出门还照照镜子,整理下头发。我打趣说,丫头,你将来若当老师,一定是个好老师。女儿自信地说,那当然。

  虽然是两天的临时代理班主任,我却看到了女儿的镇定、沉稳,希望她将来走上社会也能够宠辱不惊,遇事沉稳。

运动会

2016年11月16日　星期三　阴转小雨

这几天,我要去岳西参加全省剧本研讨会,又要小别,很是放心不下女儿。平时在家,我要早早去菜市场买她喜欢吃的菜,中午接她放学,回家像打仗一样,架起两口锅,两菜一汤,烧得热火朝天。女儿吃得津津有味,不断点赞,给我好评,甚至鼓励我去开餐馆。哪天失业了,或许真的可以考虑,开一家私房菜馆。

昨晚和女儿商量,我说我新写的黄梅戏剧本《豆腐宴》要参加全省剧本研讨会,我要做发言,并去聆听专家的意见。女儿说,那是好事,你去吧,别担心我,我都这么大了,能管好自己。我说,你在学校吃好一点。女儿点点头,朝我使劲眨眼说,这两天学校开运动会,可以放松一下,好好嗨一下。

女儿是班长,开运动会也不会闲着,要写广播稿,写标语,维持秩序,组织啦啦队,忙得不亦乐乎。她写了一幅标语,"从来不败,我很无奈;1412,必然精彩",我说这个俗了一点。女儿很认真地说,这个可是我们班集体的智慧,要相信大家的品位,别以成

人的眼光来看待我们这些青年。我立马不吱声,用很钦佩的眼神瞅着女儿。真的不能以成人世俗的眼光来看待这些年轻人,现在的孩子,有自己的思想,有自己的思维,有自己的世界。作为爸爸妈妈,我们要做的只有尊重她、相信她,好好爱她。

运动会上,每天有许多故事发生。女儿每天回家都滔滔不绝,我们就做她忠实的听众。哪个班的同学摔伤了,哪个班的同学得了第一,哪个班的同学晕倒了,被送到医院。我也跟着她时而激动,时而担忧,时而揪心。运动会结束,女儿对我说,妈妈,运动会真累,比上课累多了。还是上课好,我爱学习,我爱教室,我爱写作业。她无比天真地对我说。我说,孩子,你这样爱学习,我都感动得要哭了。母女俩相视一笑。

运动会结束,女儿又要忙段考了。到了高三,考试就是家常便饭,孩子心态要好,心情要好,身体要好。家长就只有默默做好服务工作,我真的不是一个好妈妈,工作太忙,总是无暇顾及女儿,总是对她满怀愧疚。期盼我的孩子一切顺顺利利,开开心心过好每一天。

第一场雪

2016年11月23日　星期三　雨夹雪

一上午,天气阴沉沉的,天气预报说,有雪。

打开微信,北方已经是白雪皑皑了。不断有朋友发美图来,城市里的雪、乡村里的雪、雪乡的雪,真是太美了。我不由自主地跑到走廊上,望望天空,盼着雪早一点下。

晚上去接女儿放学,天上飘起了雪花。许多家长和孩子在路上穿梭,大家说说笑笑,兴奋得很。有的家长背着孩子的书包,弓着背,一只手拉着孩子,兴冲冲地往家走。有的家长搂着孩子,父女俩勾肩搭背,像兄弟一样。女儿一路上像只百灵鸟,叽叽喳喳,说着下雪的趣事,说起去年的雪人,说起那年我带她去湖外湖看雪。

她说,妈妈,下大雪了,我们的世界是不是就成了童话王国?

我说,是的,你就是王国里的公主。

她说,我是白雪公主。妈妈,我的小矮人呢?

我说,好好睡一觉。明天早晨醒来小矮人就在校门口迎接你。

蜕变成蝶

女儿冲我诡秘一笑,嘟哝着,狡猾的妈妈。

等女儿睡着了,去楼上的阳台上洗袜子,天冷了,风飕飕的,刺骨。雪花已经停了。只剩下风,虚张声势。

老公靠在沙发上,睡眼蒙眬,嘟囔着说,气温没有降下来,雪即使落,一会就化了,别盼了,时机不成熟。酷冷,还早着呢。

我当他是说梦话,没搭腔,赶紧地钻进被窝,做我的梦。我心里却很赞同,任何事情,都要等待时机,时机成熟了,一切都会顺其自然。

海棠花

2016年11月24日 星期四

朋友是养花的行家。过了国庆节，就嚷嚷着送我一盆好花，昨天终于送来了，刚刚绽放花蕾的海棠。

果然是行家，花枝造型漂亮，花盆是青花瓷的，极为讲究。花朵儿淡淡的粉红，花边则是深红色，远看像假的，近看则水灵灵的，鲜艳夺目。海棠的叶子也有别于其他的植物，它的叶子盈嫩，有光泽，有肉感，更有质感。单是枝叶，就让人心生欢喜，更何况点缀在枝叶中的朵朵花蕾。

我喜欢苏东坡的诗句，"东风袅袅泛崇光，香雾空蒙月转廊；只恐夜深花睡去，故烧高烛照红妆"。我叫人书写好，装裱起来挂在书房里。夜里看书写字，累了抬头休息，看见墙上的诗句，不由得感慨诗人对海棠情有独钟，感叹海棠的美。海棠无香，那又有什么关系呢？它的魅力、它的新姿足以让人沉迷，让人沉醉。

晚上，女儿回家，跟她絮叨着朋友送的海棠。女儿不以为然。我又给她朗诵苏公的诗，她眼中开始满是惊喜，连连说熟悉这首

诗,苏公雅士雅兴。可是你怎么知道苏公写的海棠是花不是人？我沉默了一会,对她说,有故烧高烛照红妆的情怀和雅趣足矣,是写花写人有关系吗？女儿忙点头说,此句千古。

其实,花也好人也好,都要有缘分。花再好,需要有人珍惜,有人懂得,有人为她烧高烛照红妆。

夜深人静,女儿在灯下奋战,我挑灯夜读。海棠依然,开着淡雅的、粉红的花朵。

我说,海棠甚美,不及某人。

女儿头都不抬一下,半晌,轻轻哼了一句,酸得很。

生于忧患,死于安乐

2016年11月26日　星期六

　　昨晚,女儿跟我说,妈妈,我最近状态不好,感觉自己很懈怠,没有什么斗志。我问她什么原因,她认真地说,妈妈我属于那种生于忧患,死于安乐的类型。太顺或者过于安逸,对我来说都不是什么好事。

　　我问她,那你希望怎样?

　　她说,我希望学习多一些压力,还有一些阻力。比如谁打击我,谁瞧不起我,谁超过了我,那我就有了目标,就有了动力,有了奋斗的方向。最近觉得自己很茫然。

　　我问,你是不是觉得自己很棒,没有对手了?

　　她说,真不是,我从来没有骄傲过。反正我觉得自己不在状态,烦人。

　　我一听,比她还茫然,赶紧放下手头的事,和她聊天,做她的思想工作。人虽然要不怕经历磨难,虽然苦难是人生最好的老师,但是在顺境中,我们更加需要锐意进取,需要不断上进,需要

奋发向上。

  我跟她说我的近况，有一份稳定的工作，有一个幸福的家庭，有的吃有的穿,那我是不是就应该稀里糊涂地混日子,混一天是一天呢？她摇摇头。我回答她,当然不是。很多年前,老公就叫我不要上班,在家做全职妈妈,相夫教子。我当时就拒绝了。相夫教子和上班其实是不矛盾的两件事。上班可以开阔自己的视野,接触不同的人和事,让自己明白更多的道理,懂得如何做人,还有一份收入可以补贴家用,更多的是可以不断地学习。这些年我创作了大量的作品,这也是一种人生价值的体现。

她听了后点点头,继续写作业,我拍拍她的后背,她哽咽着说,妈妈,我努力。

我知道孩子也不容易,不敢多说,不敢给她过多的压力,特别是到了高三,家长一定要给孩子减压,这很重要。

我轻轻走出去,给她冲了一杯热牛奶,轻轻关上了门。

月　考

2016年11月27日　星期日

这次月考,女儿的状态一点不好。这几天中午不睡,回来也没心思看书,问她怎么了,她说,月考没有考好怎么办?

我说都已经考完了,都过去了,还去在意干吗?

女儿说,那怎么行? 上一次我考了近600分,这次若降了许多,同学们会怎么看?

我认真地看着她,你是在乎同学对你的看法,还是在乎自己的真实成绩?

她不解地望着我,都在乎,成绩当然重要,考砸了,我以后怎么做人呀?

我摇摇头,对她说,考了多少分、多少名,其实并不重要,重要的是你是否真的付出了努力,是否真正学到了知识。考试是形式,不是目的。

她也学着我的样子摇摇头,叹气道,代沟啊! 我们之间真的无法交流。

晚上放学回家,她已经查到了分数,哭得跟泪人似的。我跟她爸虽然心疼,却故意不吱声,让她一个人哭。等她哭累了,我冲了一杯牛奶给她,轻轻拍了拍她的背,她哭得更凶了,扑到我怀里。伤心、委屈、难受……我默默地看着她,没有说话。

过了一会,她抬起头,奇怪地看着我问,妈妈,你怎么不问我哭什么?你怎么不关心我?

我笑笑,傻孩子,我怎么不关心你呢?你考试的结果我们都知道了,这也是我们预料之中的事。

她惊讶地张着嘴巴问我,预料之中?那你怎么不早告诉我?

我知道她不服,分析给她听。我说,你这次考砸了,有三个原因:第一是因为上周开运动会,你是班长,需要协助班主任做很多工作,分散了你的精力,浪费了你很多时间。她扑闪着大眼睛,不停地点头。第二个原因,就是因为上一次月考你考得比较好,使你最近放松了,忘乎所以,不把学习当一回事,没有警惕之心。以前你总是担心这个考得比你好,那个学得比你扎实,这一次,你吊儿郎当的,没有把别人当一回事,以为自己是最棒的,谁知道别人都鼓起劲来追赶你。你是轻敌了,这个很可怕。现在的学习,就如逆水行舟,不进则退。所以,你一天都不能松懈,明白不?她先噘着嘴,然后慢慢低下头,使劲地点头。第三个原因,就是因为上周你过生日,你们班的同学给你买小礼物,你整天沉浸在这份喜悦和得意之中,麻痹大意,分散了学习精力。你现在的任务是学习,至于过生日之类的,等你上大学有的是时间,你说是不是?你虽然点头,却嘟哝着说,这可是我学生时代最后一个生日

哦，再说也是人家主动送的。

　　我抚摸着她的头发，替她擦干眼角的泪水。我说，你们现在是最后的冲刺阶段，好比跑步，你哪有时间去欣赏周围的风景？哪有时间去看谁买了鲜花在终点等你？哪有精力去关注谁在为你加油？你要做的只有保存体力，充满自信，调整好心态，往前冲，这样你才会离目标最近，才会冲刺第一，明白吗？

　　她又呜呜哭起来，哽咽着说，妈妈，我错了。我改，下次我一定努力。

　　我拍拍她，考过了，就是代表过去，不代表你的现在和将来，没什么的,跌倒了爬起来,调整好心态,往前赶。

她说,妈妈,你什么都看得这样明白,为什么不早一点提醒我,给我浇浇冷水?

我看着她的眼睛对她说,我如果早说,你能听得进去吗?我叫你不参加运动会,请假在家看书,你会答应吗?我叫你过生日不准和同学互赠礼物,可能吗?

女儿点点头,把脸在我怀里蹭了几下,重新趴在书本上。我悄悄关门出去。我的孩子,我知道你的心结已经解开了,今晚你会睡一个好觉,然后又充满信心去迎接明天的朝阳。有很多事情,我想提醒你、警告你、命令你,但是我都没有,因为我明白一个人一生中,有很多事情需要自己去经历,路要靠你自己去走。那才是你的人生。迈开步子,大胆往前走,我相信你,我的小孩!

崛 起

2016年11月27日　星期日　晴

　　今天是周末，睡到自然醒。起来女儿已经上学去了，到她的房间，收拾得干干净净。她的台灯上，贴着"崛起"两个字，写得端端正正。

　　我知道我的小孩已经从失败中走出来了，她已经调整好了心态，准备新一轮的考试，她知道自己是哪些地方疏忽了，知道自己前进的方向了。崛起，多么好的词，昂扬斗志，充满青春活

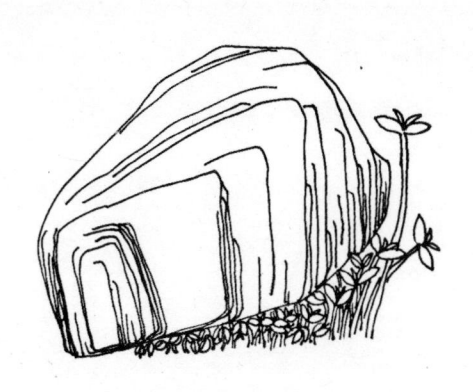

力,充满激情,充满魅力。年轻真好。于我,似乎不可能用这个词来激励自己了,这个词属于孩子,属于年轻,属于阳光。

想起自己年少时,也有过挫败,但每一次失败后,总是暗暗下决心,暗暗铆足一股劲,崛起。崛起是一份雄心,是一份斗志。只要有这份心,没有办不成的事。有志者事竟成,就是这个道理。我跟孩子说我失败的故事,说我是如何一次次走出困境的,女儿定定地看着我,然后握着小拳头,对我说,加油加油。娘俩相视一笑,我们都是不容易被挫败的。

参观校园

2016年11月29日 星期二

　　下午下班,去给女儿送饭。今天没有特意为她做菜,是在办公室煮的饭,炖了鸡蛋,蒸了中午烧的萝卜,那是她的最爱。提前十分钟下班,赶到校门口,她已经跑过来了。

　　到了高三,时间就越来越紧,吃饭、上厕所都要跑步,尽量节约一分一秒。路上看到的学生,都是行色匆匆。

　　车停在路边,女儿坐在后座上吃得津津有味。路边上随处可见送饭的家长,他们很多都是骑电瓶车或步行。可怜天下父母心。有的家长带着马凳,一个给孩子坐,一个给孩子放饭碗,自己则蹲在边上,看着孩子吃,和孩子聊聊天。可怜的孩子,与家长交流的时间都越来越少了。有时候下雨,孩子站在屋檐下吃,家长打着伞,在边上看着孩子吃,等孩子吃完,家长的衣服湿了一大片。为孩子,每一个家长都是无怨无悔的。

　　五分钟之内就吃完了。以前女儿在家吃饭,总是磨磨蹭蹭的。现在无论是学习还是生活,总是跟我说效率。看来高中生活,确实锻炼人。不仅仅是磨炼人的意志,还会改变人的生活习惯。

天色尚早,一个人转到女儿的学校。这是一所省级示范高中。孩子们已经回教室了,校园沐浴在暮色之中,安静、和谐。红叶石楠、五角红枫在夕阳的余晖下,显得更加风情万种。进门的小广场上,是一方方正正的水池,风生水起,波澜不惊,总是给人许多美好的期许。沿着水池前行,就看到了已故的家乡名人赵朴初先生题写的《拜石赞》。"不可夺,石之坚,天能补,海能填。不可侮,石之怪,吒能起,射无碍。其精神,其意态,俨若思,观自在。友乎师,石可拜。"吟诵朴老的诗,不禁感慨万千,朴老已故,但他的精神还在,他对故乡莘莘学子的期望还在,他的拜石精神不朽。想起朴老为太湖中学题写的"难学能学,难行能行",如今已经成为太湖中学的校训。经常听到女儿念起,她的笔记本、书本上都写着这个校训,是她的座右铭。希望女儿能够永远铭记朴老的遗训,记住拜石精神,不仅仅是在学习上,做人更是如此。

绕过逸夫楼,是一片花园,回廊上爬满了藤蔓,是紫藤,许多叶子已经枯萎了,紫藤花开的季节一定很美。花园里有秋菊、海棠、茶花,正是开花的好时节,微风吹过,一阵阵芬芳。穿过落叶的小径,就到了花园的尽头,逸夫楼里传来琅琅读书声,我放慢脚步,听得入神,仿佛又回到了少年读书时。读书声是有磁力的,是最吸引人的,我不由得悄悄挪动脚步,靠近逸夫楼。这栋楼是邵逸夫先生捐赠的,在全国这样的教学楼有很多所,据说邵逸夫先生去世时很冷清,祭拜的人并不多,但他捐资建造的教学楼遍布全国,他资助的学生遍及祖国的大江南北,他的助学行动改变

了无数贫困学子的命运。他逝世时虽然没有轰轰烈烈的祭拜场面,但是他的名字确实是不朽的,是无数学子感恩的。他的付出一定是不计较回报的,就像母亲对儿女的爱,从来都是付出,不求回报。当桃李满天下的时候,就是最好的回报了。

逸夫楼的教室很有意思,是六边形的。别致新颖,造型独特。多次听女儿介绍,据说这样的教室利于采光,也有助于孩子们听讲。趴在窗台外悄悄望了一会,好在孩子们都在专注地学习,没有人发现窗外的我。

新建的操场真是气势不凡,塑胶跑道、球场,操场外是林荫道,一年四季绿树成荫。周围是学生宿舍、食堂和教工宿舍。依依不舍离开校园,晚上娘俩又有话唠了。

家的味道

2016年12月4日　星期日　晴

今天,起了个早,去菜市场。平时都是来去匆匆,赶时间。今天拿着菜篮子,悠闲地在菜市场逛两圈。喜欢去菜市场,喜欢看五颜六色的蔬菜,喜欢看来来往往的男女老少,喜欢菜市场的人间烟火气息。

摊位上的菜都是从外地进来的,虽然整齐好看,但毕竟没有农家的菜好吃。菜市场墙外有一条小巷,两边都是菜农,中间正好一个人穿过,若对方拿了许多东西,就会大声地吆喝,嘿,借过了,借过了,让一让,让一让。生活的味道,在这吆喝声中,变得多彩起来。摊位上,绿油油的白菜、白里透红的萝卜、冬笋、豌豆、土豆,品种真多,看得眼花。这个季节,冬笋最不好买,有一个瘦小的老人,专门到老山里挖冬笋,卖的价格也不便宜,可我喜欢冬笋的鲜味,每次看到他都会买。他跟我说挖笋的辛苦,因为冬笋是在地底下,必须是行家才会找到,他的双手都挖起了水泡,手掌皲裂,确实不容易,卖贵一点也是应该的。

有一位乡下的大娘，在固定的位置卖萝卜，她家在长河岸边，是沙地萝卜，水分足，皮薄，有紫红色的皮和白色的皮，一种长条的，一种圆形的。长萝卜适合切丝，圆萝卜适合现烧或者炖汤。萝卜切细细的丝，晒干，看上去像银鱼干。等到腊月寒冬，准备好红泥小火炉，用温水发湿萝卜丝，加上排骨烧火锅，那是绝美的味道；若加点木耳或笋干，那味道就更绝了。

这个季节是储备的季节。

圆萝卜回来切丁，晒得半干，捏在手里软软里，再让它在夜露下晾晾，沾点露水的鲜甜，日晒夜露，一个星期后加点生姜、大蒜、盐，再腌上一个星期，用香油一炒，脆脆的，有点甜，有嚼劲，有回味。那是什么美味佳肴都无法比的。

乡下的亲戚送了很多红薯来，太多吃不动。周末在家没事，切点红薯片，晒干，香甜得很。还可以切成丝，蒸熟，晒干，用油炒。美味又营养。女儿也喜欢吃。但她看我天天为这些琐事劳累，劝我不要弄，直接买一点。我摇摇头，告诉她，一定要自己动手去做，这样才会感受到生活的乐趣，才会感受到家的味道。自己做的菜，才有人间烟火气息。她点点头，说每天中午放学回家，看到阳台晒满了菜，妈妈不是在阳台上就是在厨房里忙碌，心里感觉很踏实。那应该就是家的味道。

是的，家的味道，就是妈妈的味道，就是女人的气息。为人妻为人母，我愿意身着布衣，洗手做汤羹，低眉顺眼，素面朝天，为他们洗衣做饭，只要他们感到心里踏实，能安心工作学习，我就知足了。

以德为邻

2016年12月5日 星期一 晴

闺密是个养花的好手，前几天送了一盆绿菊花给我，宝贝得很。闺密嘱咐我要好生照顾，不能有半点马虎。我得到了宝贝，自然唯唯诺诺。

女儿放学回家，看了新添的菊花，一阵欢喜，赶紧拿起水杯浇水，主动要求搬到阳台去晒太阳。我更是，稍有空闲，就端把椅子坐在花面前，看得出神。也好，这样平淡无奇的日子，有一盆好花守着、伴着，也是幸福无比的事。

女儿问，这绿菊花叫什么名字？我也不知道，好在有百度，一查才知道是绿朝云。真好听的名字，女儿放学回家见面就喊，朝云还好吗？好像这花儿就是我们家的一员。出门去，心里也会生出许多惦念。

阳台上也有一盆菊花，是我们家的老品种，养了好多年，开着淡淡的粉红色小花。前不久，刮风下雨，回家到阳台上一看，不见了，以为是被风刮跑了，正郁闷中，有人敲门，打开门一看，是

邻居帮我端回家了,见我下班,赶紧送来了。隔壁住着一位好邻居,是居家的福气。妈妈有时候来,总是忘记带钥匙,敲门没人应,就到邻居家坐坐,一杯热茶,聊聊家常,让人温暖。有事出门,阳台上晒着被子,突然下雨,好心的邻居总是不忘记帮我收起来。邻居知道我在文联上班,托我找书法家写一幅字,我毫不犹豫请书法家为他写了一幅"以德为邻"。以德为邻,该是人生的幸事。

喜欢菊花的芬芳,更喜欢菊花的高尚品德。"鸠鸟一声唱花黄,便有金风溢梦香。积善亦如造大屋,唯有德者品自芳",歌颂的就是菊花的高贵品质。夜晚与女儿一起泡热水脚,说到朝云,我不由得朗诵起这首诗,女儿拍手赞道,这首诗配得上朝云,以后要对朝云高看几眼,以朝云为邻,也是幸事。

苏东坡一日酒足饭饱后,问身边的妻妾,自己肚子里装的是什么,妻说先生肚子里装的是学问,一妾说装的是见识,只有一个叫朝云的小妾说,大学士肚子里装的尽是不合时宜。苏东坡闻言,捧腹大笑,赞道:"知我者,唯有朝云也。"从此,他以朝云为知音。后来苏东坡的仕途受挫,一落千丈,美人散尽,只有朝云不离不弃,守在他的身边。看来生活是实实在在的,来不得半点虚假。

以朝云为邻,以德为邻,这是我的人生准则。

追　　赶

2016年12月12日　星期一　阴

连续晴了一段日子,又开始降温了。下午下班回来,下了小雨,一个人慢悠悠地沿街走。街上的店铺冷冷清清的,街面上反射着清幽的光,走在上面虚晃得很。不急着回家,一路上买些生活用品,很悠闲。

女儿最近不让我送饭,上次考试考砸了,她最近铆足了劲,准备反冲。追赶的日子,是紧张而忙碌的。我看她虽然整天像陀螺一样转,但情绪稳定,很快乐。女儿是个单纯的孩子,认定的事情一定会好好地完成。

昨晚,她给我看了一份衡水中学的学生日程安排表,天衣无缝,吃饭、上课、睡觉、走路都安排得有序有理。虽然时间恨不得用分用秒计算,但科学地安排了七个半小时的睡眠,一个小时的午休。还有早操、读报、唱歌时间。衡水中学的孩子们学习效率非常高,与时间的合理安排肯定是有关系的。

我的小孩,经常劳而无益,经常做无用功。有时候晚上回来

熬夜,做题做得很辛苦,第二天早起到学校才发现是几分钟就可以解决的题。她大呼冤枉,白白熬夜了。我却舍不得她挑灯奋战的辛苦。她每天睡五个多小时,严重睡眠不足。有时候,看她睡得很沉,真不忍心叫醒她。每晚上床,她都会说,我亲爱的床哦。可怜的娃,说得娘心痛。

孩子学习辛苦,做家长的只有干着急。只好做好服务,每天变着花样做好吃的,吃了一个秋天的萝卜,女儿还没有吃厌,最近换成牛肉烧萝卜,味道不错。这个季节的豌豆很嫩,鲜香。白菜是每天都必须有。可是吃了许多蔬菜,还是火气冲天,得隔三岔五去买水果,雪梨、苹果、橙子变换花样买。跟女儿说,你够幸福的了,我们小时候,根本没有水果吃。女儿不相信,我让我妈告诉她。我妈说我那时候天天吃红薯干,生的熟的,还吃萝卜,能吃好几个。女儿也吵着要吃。我只好费尽心思给她做红薯干,有直接切片晒的,有蒸熟再晒,晒干炒着吃,很脆很香。女儿喜欢。她看着我说,其实挺羡慕我那时候的,吃的东西都是原生态的,很健康。

有时候一觉醒来,看见女儿还在灯下埋头苦干。我心疼,望着她感叹道,悔不当初啊,当初我若跟你这样发奋学习,也不至于人到中年,还要奋斗,还要为稻粱谋。女儿从灯下抬起头,跑过来拍拍我的脸,老娘,又做什么黄粱美梦呢?年少不努力,老大徒伤悲吧。赶紧让一让,我困了。没几分钟,就听见她打呼噜声。

希望她好好睡一觉,明天继续追赶。

第四辑 峰回路转

青春是一首诗

2016年12月15日　星期四　晴

今天,去城西乡九井溪森林公园拍摄。《禅源太湖》不止一次来九井溪取景了,阳光明媚,约了龙门寺的妙莲师去九井溪放莲花灯。

龙门寺是一座唐朝古寺,住持昌圆师父跟我相识很多年,听说我们请妙莲师去拍摄《禅源太湖》,很爽快地答应了。

山路崎岖,车开得慢,一路上与妙莲师闲聊,才知道妙莲师是一九九六年出生的,比我的孩子大三岁。妙莲师看上去清秀腼腆,不多言,白白净净的,书生气很浓。看着她纤瘦柔弱的样子,不免心生怜爱。想到我的女儿,跟她一般大小,却还在父母的呵护之下,还时不时地任性撒娇,还单纯懵懂,而她,一个妙龄的女孩,却守在深山中的古寺,日日与青灯经卷为伴,与尘世隔绝,面对晨钟暮鼓的生活。我不知道她过得是不是寂寞,是不是清苦,是不是忧伤。但我看到她站在溪水边,水中是她青春靓丽的倒影,她身着袈裟,手捧莲花灯,慢慢地放入水中,溪水潺潺,

蜕变成蝶

莲花灯在她的护送下,慢悠悠地随着泉水流淌,我看到她脸上有一种淡定的微笑,是不是每一盏灯都寄托着她美好的愿景?

女儿这两天感冒了,可能是太用功,夜里熬夜冻了脚。为娘的心痛,给她冲感冒药,嘱咐她多喝开水,给她泡热水脚,恨不得立马将她的感冒驱赶走。夜里她不睡觉,我也不得安心,也不敢上床休息。天下的父母都是一样的。我看到许多家长在家长群里议论,担心天冷了孩子在学校冷,担心孩子吃不饱,担心孩子睡不好。孩子在学校里,家长的心都是揪着的。想到女儿小时候,夜里咳嗽,我就搂着她睡,给她拍背。她夜里发烧,我跟她爸吓得整夜都不敢睡。

她小时候体弱,经常咳嗽,我怕她药吃多了,给她烧萝卜吃,烧橘子吃,炖雪梨,炖百合,能试的偏方都试过了。我常说,一个称职的母亲,可以抵半个郎中,真是一点不假。

晚上下班回家,赶紧买了雪梨、冰糖,回家炖上,等女儿放学归来,能热热喝一碗,感冒能早一点好。

等女儿放假了,带她去看看妙莲师父。相仿的年龄,她们之间一定有许多共同的话题。

今天收到黄山市作协90后女生汪艺的诗集《蓝》,中午带回来,女儿听我介绍后,认真地读了几首,要求我先给她看看。我欣然同意了。十七八岁,正是诗一般的年纪,正需要诗的浪漫和多情。虽然学习紧张,但我希望我的孩子快乐健康,充满诗情画意。

我羡慕着诗一般的青春,用心祝福她们。

无悔的青春

2016年12月20日　星期二　小雨

这次月考,是江南十校联考。考前女儿还有点小紧张,加上这几天有点感冒,我也为她捏了一把汗。

今天中午,有小道消息说考试成绩出来了,女儿放学回家,从楼下一路跑回来,回来就从学信网上查找,很快知道了这次考试成绩,总分576分,一颗悬着的心总算落地了。

上次从590多分到510分,突然跌入深渊,感觉一片黑暗,女儿说差点都没有信心了。好在丫头自尊心强,认定了自己属于"生于忧患,死于安乐"的一类人,就是愈挫愈勇的那种。正因为上次的失败,她才拼命追赶,才会有了这次突飞猛进。

我担心她得意忘形,鼓励她说,这次小有进步,值得表扬。不过,我们要定一个小目标,以600分为线吧,突破600分,咱就可以小小庆贺一下。女儿睁大眼睛,看着我说,老娘,你以为几十分追上去那么轻松吗?站着说话不腰疼。

真是无语。为了激励她,我给她600元钱,让她去买一件棉

袄。她中午在校门口的小店买了一双暖鞋,把剩下的钱都给她老爸了,说是舍不得买。还悄悄跟她老爸说,我知道你经济拮据,最近手头紧,赶紧都收好了。

我听了,暗自傻乐。这丫头,以后肯定跟我一样,是个懂得过日子的人。真不愧是她爸的贴心小棉袄。

不乱花钱好,懂得惜福之人才是有福之人。

又进入新一轮的复习和备考了,我希望女儿能够静下心来,继续追赶,为了我们的小目标,为了无悔的青春。

我相信我的孩子,一定行。

仁者爱人

2016年12月28日　星期三　晴

今天，从合肥回来，去久留米美术馆参加一位同事的楷书展，真是大开眼界。很多时候，走出去，才知道人外有人天外有天。带回一本楷书作品集，很精致，准备送给女儿，留给她暑假的时候临帖。

其实女儿一直很喜欢书法，很小的时候就有作品参加过展览，但后来慢慢荒废了。学书法的朋友，跟我介绍学习书法的种种好处，说得人心里痒痒的。自己也临帖，但总感觉不得法，力不从心。有时候想，我恐怕是没什么造诣了，只能指望女儿能够给我争口气，出人头地，将来也好母以子荣。但看到女儿学习辛苦，又心疼得不行，算了算了，我们只是凡夫俗子，生活开心就好，不要要求太多。

女儿放学回来跟我说，今天在校园里看到一个女同学穿着拖鞋，一跛一瘸的。她觉得那同学肯定是长"嵌指甲"，就主动上前去问，果然是。她告诉那同学别担心，去"甲丽净"门诊修剪一

下就好了,但自己要注意,多泡脚,注意卫生,然后在指甲下塞棉签条。那位同学感激涕零,反复说谢谢。女儿帮助了别人,获得了快乐。回家又跟我唠叨,她长"嵌指甲"的时候,是多么痛苦,上体育课,根本不能跑,动一动都钻心地痛,还不好意思请假。女儿侧着脸看着我说,都怪你,每次给我剪指甲的时候,都剪得太深了,这样指甲就往肉里长。那滋味太难受了,想着都痛苦。

我点头称是。有时候真的是的,爱得越深,伤害越多。女儿晚上熬夜,我总担心她冷热,半夜起来看她,可她刚刚睡着,就被我吵醒,结果半天睡不着,气得直哭。可我也是一片好心。到高三了,家长的心理素质非常重要。孩子在不断地修炼,家长亦是。

天渐渐冷了,冬至后气温逐渐下降。想去给女儿买一件新羽绒服,她坚决不同意。原因是班上还有许多山区的学生,一个月甚至几个月才回一次家,穿得都很单薄,自己还有许多旧羽绒服,能将就就将就下,别那么浪费。她甚至体恤我上班辛苦,不让我晚上给她送饭。

夜读《孟子》,里面有"仁者爱人"的句子。仁者是充满慈爱之心,满怀爱意的人;仁者是具有大智慧,有人格魅力,善良的人。孟子原文曰:"君子所以异于人者,以其存心也。君子以仁存心,以礼存心。仁者爱人,有礼者敬人。爱人者,人恒爱之;敬人者,人恒敬之。"仁者都有一颗慈悲的心。我希望我的孩子无论是现在还是将来,都是一个仁爱的人,懂得感恩,懂得关爱他人。这样的人,一定有责任心,有社会责任感,将来,无论她在哪里,做什么工作,一定会心系他人,心怀慈悲。

围炉夜读

2016年12月29日　星期四　晴

临近元旦了,收到许多意外之喜。安庆市黄梅戏剧院的老师知道我在写黄梅戏,给我寄了一套黄梅戏剧本汇编,精选的三十六个大戏,七十二个小戏,十几本,传统的亦是经典的,爱不释手,夜夜围炉夜读。最近又收到作家许冬林的新作《植草香里素心人》,很精致的散文集,喜欢;还有新疆伊犁州文联主席郭文涟先生的散文集《伊犁往事》,他是因为我的黄梅戏剧本《伊犁月》而熟悉我,彼此热爱文字,仿佛熟悉很久。江南少女汪艺,是我文友的女儿,跟我的女儿同龄,却是省作协会员,出版了两本诗集,将新的诗集寄给我,一股清新之风。

晚上女儿在灯下挑战,夜夜到更深露浓,我就点一盏灯,坐在她旁边,开着电暖桶,暖乎乎的,轻轻地阅读,书香为伴。女儿说,你今天读什么?我说读黄梅戏本子。她抬起头说,给我讲讲吧。我说,说来话长,等你高考后慢慢看吧。她继续低头做作业,我继续读书。相看两不厌。

几十年来，书一直是我忠诚的朋友。女儿受我的影响，也喜欢看书。但她只是看《读者》《青年文摘》，从来不看小说。听说很多孩子在初中就读了许多名著，结果读成小说迷。我却不以为然，读书以兴趣为主，别强制孩子去读，也不要让孩子沉迷在小说中，这对孩子的成长肯定是不利的。

有时候看女儿去年的作文，觉得她文采不错，跟她说起，她淡淡地说，都是从书上看到的，现学现用。她跟我说，《散文》《读者》《青年文摘》，这些书上有许多知识值得学习和借鉴，有些文摘真是写得太好了。我赞同她的说法，看书不在多少，关键在于用心读，一边读一边思考，融会贯通，学以致用，才是真正地读书。

女儿说，夜深了，有时候想睡觉，看到我陪在她旁边看书，特温暖，心里踏实，喝口水，又劲头十足。

以前一起住的邻居，在家没有上班，买了两台麻将机，这几年靠麻将机台费收入,赚了几十万。我有时候说,还不如不上班,在家买麻将机开棋牌室,收入还蛮高的。女儿说,假如那样我的成绩肯定一塌糊涂,因为我害怕吵闹。你也写不出文章,成了赌鬼。我笑笑,她说得有理,生活就是这样,有得必有失。珍惜眼前的这一切,珍惜当下,才是对的人生。

  我愿岁月静好,人生安逸,能够陪着我亲爱的女儿围炉夜话,便是人生最幸福的时光。

意外之喜

2017年1月10日　星期二　小雨

　　昨天,陪同省里的作家采访团到百里镇采访,回来后又整理采访照片和笔记,疲惫不堪。早上起来,突然感到恶心、难受,以为是山区寒凉,受了风寒。早上,到医院去检查,却意外怀孕了。心中欢喜,又担心女儿不知是否能够接受。

　　去年的这个时候,二胎政策放开。那时候,我还没有计划,只是顾虑女儿的想法。可听她说,班上很多同学的爸妈计划生二宝,但她的同学大多抵触,不愿意家里又增加一个人,分享和占有自己的爱。女儿作为班长,经常做同学的思想工作,劝他们要支持爸妈生二宝。我每次总是趁机诱导,假如爸妈也给你生一个弟弟或妹妹,好不好?她很自然地说,当然好了,我喜欢妹妹,到时候天天把她打扮得漂漂亮亮的。我终于放下心来,赶紧去医院检查身体,取掉节育环,咨询备孕事项,还专门购买了叶酸,每天服用。一切准备就绪,回来掐指一算,一定要在女儿高考后再怀孕,至少要在高考后生产。突然后悔自己太心急,不能因为想生二宝而影响了大宝,那样会得不偿失。

赶紧跟老公一合计,决定还是避孕一段时间。过了两个月后,遇到一个学生家长,她劝我还是早做准备,早点备孕。她说像我这样的大龄妇女,想怀孕不是一件容易的事。有的人一年半载都怀不上。回来赶紧服用叶酸,紧锣密鼓地做准备。到了十月,还没有消息,心里着急但又没有办法,偏偏又隔三岔五地感冒,

更倒霉的是还发了荨麻疹,全身是包,瘙痒难耐。去医院,打针吃药,赶紧采取避孕措施。折腾了大半年,我都心灰意冷了。老公说,女儿这么优秀,我们好好培养吧,别老想二宝的事了。我觉得言之有理,与其得不到,还不如放弃。

没想到元旦一过,却又收获意外之喜。母亲常跟我说,儿女都是命中注定的。既然是命运的安排,那我们就欣喜地接受吧。

今天正好是我生日,晚上女儿回来,一见面就给我一个拥抱,然后祝福我生日快乐。女儿说今年学习压力太大,没有时间给我买生日礼物。我连说没关系,忙趁机说,老天爷送了一份生日大礼给我,不知道该不该收。女儿觉得很稀奇,神秘地把我拉到一边,问我是什么礼物。我就跟她说,我怀了二宝,还不敢告诉爸爸,不知道他高兴不高兴,心里很担心。女儿拍拍我的肩膀,别担心,老爸那有我呢。果然,一到家,女儿就和老公嘀咕,做老公的思想工作,说了许多两个孩子的好处。我听到在一边偷偷地乐。

谢谢我亲爱的女儿,谢谢你的宽容和爱,坦然接受一个和你一起分享爱和一切的人。我相信随着时光流逝,随着你们渐渐长大,父母渐渐老去,你一定会感恩,感恩上苍的恩赐,赐给你一个相守相爱到老的亲人。

忙　年

2017年1月26日　星期四　阴

明天就是除夕了。我因为怀孕,整天懒洋洋的,什么事情都不想干。家里年货也还没有采购。今天,女儿早早起床了,系着围裙,陪着她老爸打扫卫生。看着她撸起袖子,不停地擦洗,我不由得打趣,习主席鼓励你们撸起袖子加油干,真不错,开了个好头,新年新气象。父女俩相视一笑,继续干活。一会儿工夫,家里焕然一新,窗明几净。该清理的杂物都搬到楼上去了,花枝也修剪了。茶几上摆了水果和零食,我一下子心情舒朗了许多。

父女俩也不休息,接着准备炸肉丸子。往年春节都是我一个人忙,如今我看着他们父女俩忙碌,心里充实而美好,甜蜜而幸福。女儿做事认真细心,搓出的丸子个个一样大小,看着她专注、麻利地做事,我心里突然觉得很踏实。女儿长大了,明年就要上大学,就要离开妈妈的怀抱,独自飞翔了。能够独立地生活,学会照顾自己,非常重要。

有时候,看到她还是个长不大的孩子,心中又充满着怜爱。

给她洗澡的时候,常常搓着她的胳膊问她,翅膀怎么还没有长出来?等翅膀硬了,就要离开妈妈独自去飞翔了。傻乎乎的小孩,一直以为自己有一天真的会长出翅膀,然后独自去飞,不需要跟爸爸妈妈在一起,不需要听爸爸妈妈的唠叨。但是她哪里知道,只要爸爸妈妈在,无论她在哪里,都是爸妈的心肝,都是长不大的孩子。

　　下午,父女俩上街去采购,跑了好几趟。我们家亲戚多,要购买许多拜年的烟酒食品。还要多买一点水果,免得春节期间老上街。女儿特意买了许多我喜欢的零食,家里日用品也添置了不少。我就躺在沙发上,烤着火,看着父女俩进进出出,忙忙碌碌,心里洋溢着温暖、幸福。

埋头苦干

2017年2月1日　星期三　阴

这个假期,女儿除了去超市帮忙买年货外,几乎大门不出二门不迈,埋头苦干,认真复习。我看她不得歇息,问她哪有许多作业。她无可奈何地冲我一笑,老妈你真是赶不上时代了,还是那种落伍的老思想。我都高三了,老师哪还会布置作业?高中生都

要靠自己自觉。想想也是,现在的孩子真不容易,寒暑假要补习,平时都是起早摸黑,早上五点多起床,夜里十二点才能睡觉。一天睡不到一小会。

还有几天就开学了,开学就进入了高考倒计时,就一百多天时间,紧张啊。孩子紧张,老师紧张,家长更加紧张。

年前学校开了家长会,下学期开学,要进入十校联考,接着要进行二模考试,还有江南十校联考,考试越来越频繁,家常便饭,让孩子们逐渐适应考试。但不管怎么样,总还是考试,那种氛围,难免会紧张和担心。为了适应考试,女儿这个寒假,常进行模拟考试,有时候一上午关在房间里,问她怎么不休息,她说正考试呢,不要干扰。

一分耕耘,一分收获,希望女儿新学期会名列前茅。

开　学

2017年2月6日　星期一　晴

新的一学期开始了，女儿又开始紧张地学习了。

昨天，开学第一天，有两个武汉华中科技大学的校友回学校演讲，给她们介绍大学生活。女儿回家后，很亢奋，很激动，不停地给我介绍华中科技大学。最诱惑人的是有三百多个食堂，那是一个多么神奇的地方，据说在大学几年，想吃遍所有的食堂，似乎都不可能。女儿说，民以食为天，这样的大学简直就是天堂。这样的条件，当然也是充满诱惑力和动力的。

半夜醒来，发现女儿还在挑灯夜战，赶紧催她去睡觉，早上五点半就要起床，每天只能睡几个小时，为娘的真的心痛，虽然舍不得，但还是不得不舍。自从她上了高中，完全靠她自觉了，特别是晚上，过了十点后，我和她爸就哈欠连天，倒在床上就睡着了，很少陪她熬夜，年纪大了，真是不中用了。好在女儿懂事，懂得心疼我们、体贴我们，总是催促我们早点睡觉。

新学期开始，看见女儿的书桌上又贴了许多励志的座右铭。

我知道，她的心中有梦想，有目标，有理想，而且那个目标随着高考倒计时，越来越清晰。我跟她说，我知道你很努力，也不想给你压力，只希望你这半个学期不要松懈，百尺竿头，更进一步。她睁着水汪汪的大眼睛，看着我说，知道了。成败在此一举。

年初联考

2017年2月8日　星期三　阴雨

新年第一次联考开始了。中午女儿回家说，考试时间很紧张，根本不够。她平时做事情认真，比较慢。考试肯定也一样。我

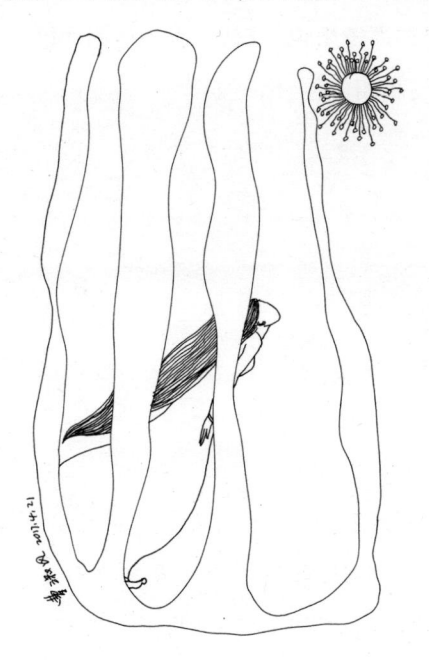

们不停地帮她分析,或许是停留在哪一道难题上,耽误了时间,她说真没有。那也许是阅读理解浪费了时间,她说每完成一道大题目,她都会看下时间,不会耽误。我说你时间不够,就是耽误在看时间上了。她很委屈,就是瞟一眼,哪会浪费时间?

只好安慰她,联考一般比平时的考试难度要大一些,信息量也大些,时间肯定紧张,高考时间肯定会够的。但是这也是给考生一个提醒,千万要注意答题的速度,不要浪费不必要的时间。

女儿做事一向稳妥,学习的事情她都能够自己处理好,不需要我操心。开年就考,对她来说,肯定有点紧张,总是担心考不好。我亲爱的孩子,如履薄冰,小心翼翼。其实,自从进入高三,考试对她来说,如家常便饭,早就习以为常了。虽然是十校联考,对于即将到来的高考来说,只是一次小检阅而已。

我的孩子,我相信你,你一定行。

"脑清新"风波

2017年2月20日 星期一 阴

上周,学校来了几个人,向孩子们推销"脑清新"胶囊。孩子们毕竟涉世不深,单纯,经商家一宣传、鼓动,马上头脑发热。女儿竟然买了四盒,需要一千元左右。作为家长,我肯定支持孩子,如果"脑清新"确实有滋补效果,对孩子的成长和学习有帮助,多少钱也是在所不惜的。关键是"脑清新"真的有效果吗?真的如商家宣传的那样神奇吗?

女儿放学回家,从书包里掏出"脑清新",一脸的兴奋,脸蛋红扑扑的,兴冲冲地向我们介绍"脑清新"的种种好处。我和她爸交换了一个眼神,没有吱声。看孩子那股热乎劲,我们不好表态,只是对孩子说,爸妈相信你的判断力,你认定的事情你就去做吧,我们支持你。孩子开开心心写作业去了。

说真话,孩子每晚熬夜到十二点多,我们都进入梦乡了,早上五点多就起床,很不容易。特别是这学期,中午也不回家,一天到晚在学校门口的摊位上买点吃的,没有营养不说,搞不好还天

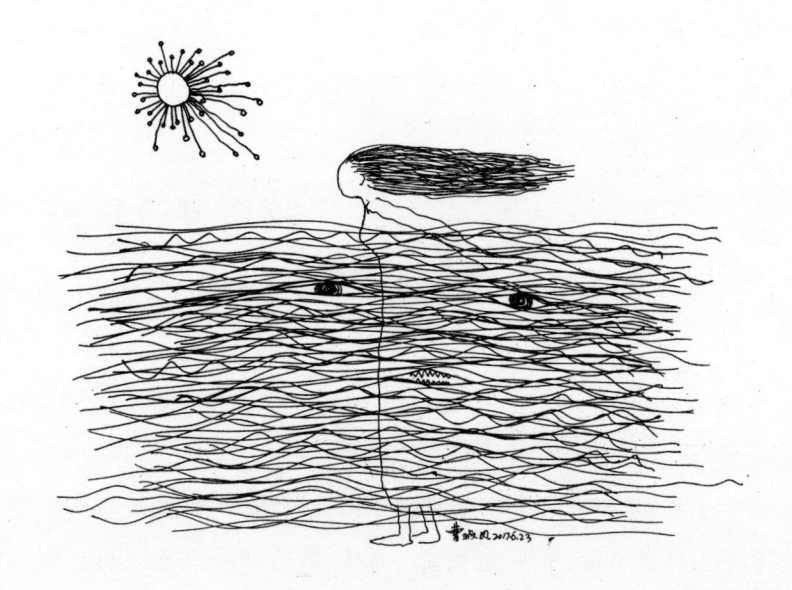

天吃地沟油。我们上班又忙,不能去给孩子送饭,不能照顾好她,心里本来就充满愧疚,别说买点补药,只要她需要,想买什么我们都不会心疼的。

  第二天,家长群里就炸开了锅。有的家长说"脑清新"被中央电视台曝光过,根本没有任何疗效,纯属骗钱的,要求校方出面退货;有的家长干脆将药拿到医院去化验,说是无任何疗效;还有的家长在群里直嚷嚷,说"脑清新"有副作用,要商家退货并赔偿孩子的损失;等等。一时间,众说纷纭,闹得不可开交。我不动声色,静观女儿的反应。果然,她放学回家坐在沙发上,很生气,说厂家搞不正当竞争,卖伪劣商品,学校不但不阻止,反而支持他们到教室宣传。她说明天要退掉全部的药,一粒不剩。我没有发表意见,我知道她会处理好的。

吃一堑,长一智。人生很多事情需要你自己去经历,去感受,去体味。只有经历过,你才会明白,世间百态,人情世故。我的孩子,我相信你,你会越来越成熟、越来越历练。

第五辑 挑灯夜战

百日动员大会

2017年2月27日　星期一　晴

　　天气晴好,阳光明媚,楼下院子里的望春花、桃花都开了,粉红的花朵,俏立枝头,春意盎然。天气逐渐暖和了,人的心情也舒畅了。

　　女儿依然是早出晚归。早晨上学的时候,我还在睡梦中,晚上放学了,我已经睡了。娘俩难得见面,心里总觉得亏欠了孩子,过意不去,每天晚上给她准备水果,早上准备蜂蜜水,都成了她老爸的事情。昨晚我故意拖延到十点,就为等女儿回家,想听听她叽叽喳喳给我讲学校的事情,想知道她在学校吃什么,可吃饱了,中午可休息了一会。

　　女儿回家见了我,很开心,挨着我坐着,询问我肚子里小宝好不好,一副懂事的模样,然后捧着水果,一边吃一边滔滔不绝给我讲班上的事情,讲学校召开了百日动员大会,再过一百天,就要拿真格的了。学生部部长在动员大会上,介绍了学校历年的录取情况,给他们预测了美好的未来,非常励志,鼓舞人心。

我凝视着女儿水灵灵的大眼睛，充满着激情和希望。我知道，我的孩子，她有自己的目标，她一定会稳步地朝着自己的目标努力。我摸着她的头，对她说，你认定的目标，就努力去做。她乖巧地点点头，催我赶紧去睡觉。

半夜我醒来，看见女儿还在挑灯夜战，心里不忍，赶紧冲了一杯牛奶，催她赶紧去睡。她说马上就去，催我赶紧睡。我躺在床上，半天睡不着，孩子太辛苦了。但为了实现自己的理想，为了美好的明天，必须去努力，去奋斗。作为家长，真的很无奈。

我的孩子，我希望你稳扎稳打，好好地度过学生生活的这关键一百天，这将是你美好未来的基础。希望你通过自己的努力，实现自己的理想。也希望你能够明白，人生中，很多事，需要你自己去经历；很多路，需要你自己去走。爸爸妈妈只是你身后的关注者，只是目送你远行的人，只是默默祝福你的人。

一分耕耘,一分收获

2017年3月2日 星期四 晴

最近一次大会考的成绩出来了,女儿最近铆足了劲,想好好拼一把,果然不出意料,班级第二名,年级的名次也前进了一大步。女儿一进门,就兴奋地跟我议论学校的事情,看来人逢喜事精神爽,心情不错。我不失时机地敲边鼓,你看,一分耕耘,一分收获吧。女儿马上明白了我的意思,看着我说,知道了,我并没有骄傲,只是想放松一小会,就一小会,马上返回轨道,开始头悬梁,锥刺股,战斗去了。我愣了半天,觉得自己真不该乱说话,扫了孩子的兴。

想想孩子也不容易。自从我怀了二宝,女儿天天都是在学校食堂吃饭,一天到晚,只是夜里放学跟我亲热一会,我还总是催她去看书。想想自己读书的时候,巴不得多玩一会,哪有女儿现在辛苦与用功?有时候一个人想想,真是对不起女儿,觉得亏欠她的太多了。别的孩子一到放学时间,家长就做好饭在学校门口等他们,说不定还会撒娇卖乖呢。我的孩子,我希望你早点学会自立,将来更好地立足于社会,不要过分依赖父母。就像学习、考试一样,一分耕耘,一分收获,生活亦如此,我希望你能够明白。相信你会理解妈妈。相信妈妈永远是爱你的。

十校联考

2017年3月11日　星期六　雨

十校联考的成绩终于出来了,女儿排在第五名。她自然不满意,回到家嘴巴翘得高高的。我安慰她、逗她,她眼里的泪水直打转,委屈地说,妈妈,我真的努力了。我知道,我的孩子是勤奋的、刻苦的,有时候,努力也不是马上就有回报的。或许,到下次考试的时候,成绩就提升了。学习是一个漫长的过程,冰冻三尺,非一日之寒,急不得的。女儿点点头,抱着书包默默地进房间,一边走一边咕哝着,我的梦想呀,我的大学呀。

虽然是春天了,乍暖还寒。这两天狂风怒吼,感觉格外冷。窗外的望春花都开了,粉红的、洁白的花朵,朵朵昂然而立,仰望着蓝天。可一场狂风,花瓣被吹得零零散散的,一片狼藉。

女儿每天依然早起晚睡,我们相见的时间总是很短暂。晚上她回家,我要睡觉了;早上她起床,我还没有起来。好在我的孩子从小就懂事,体贴人,不让我跟着熬夜,总是一回家就催着我去睡觉,说熬夜对二宝不好。我只好乖乖听话了。

蝴蝶飞哒

女儿这两天回家就整理十校联考的错题，她这学期将以往的错题专门贴在一个本子上，反复练习。十年寒窗，孩子已经有了一套自己的学习方法。作为家长，做好服务工作就好，管好孩子的生活和起居。至于孩子的学习，最好不要瞎干涉。

女儿回家跟我说，她们班一个同学，考试的时候要上厕所，因为监考老师反对，那位同学就和老师大闹，最后还跑出教室，翻越围墙企图逃出校园，结果把腿摔断了，不能来考试，也不能来上课。女儿替那位同学惋惜，离高考越来越近了，这样真是亏大了，搞不好还要复习一年。她说真是任性不得呀，一定要稳住呀。

下周就要进行二模考试了，临近高考，考试也成了家常便饭了，孩子们慢慢适应了。我亲爱的女儿，妈妈祝福你，相信你一定会很棒的。孩子，我们一起努力。

愧 疚

2017年3月21日　星期二　雨

  下午下班回家，一路上遇见好几个送饭的家长。想到平日里给女儿送饭的情景。女儿坐在车后座上，吃得欢天喜地，一边吃一边跟我们唠叨学校里的人和事。不知今天女儿是在食堂吃饭，

还是在门口的小摊上吃,会不会看到很多送饭的家长,会不会眼热。想到这,我心里一阵难受,对女儿一片愧疚之心。自从我怀孕后,女儿一直不让我送饭,中午也不要我们接送。她知道我年纪大了,身体不好,怀孕不容易。女儿从小就这样,总是替别人着想,体恤别人、关心别人。谢谢你,我的孩子。

　　有时候,下班走回家,还是忍不住绕道去学校门口望望,尽管遇不到女儿,但转一圈,也会心安许多。女儿昨晚跟我说,只有七十几天了。我知道她开始紧张了,赶紧安慰她。但我又能做什么呢?只能默默地站在她身后,鼓励她、支持她、关注她。

超越自己

2017年3月23日　星期四　阴雨

学校举行二模考试。女儿说二模是小高考,这几天天天挑灯奋战,看样子准备充分。

晚上,女儿回家跟我说,她发现真正拉分的是语文和英语,到了高三,理综成绩基本上是稳定的。这次因为语文和英语考得不错,成绩一下子上去了。看样子考得不错,心情颇好。我抓住机会分析她的成绩,考得不好的时候多鼓励她,考得好的时候要泼点冷水。我说你现在不能看与某位同学比较超过了多少分,你要看自己应对考试的能力和你自己的自信度。临近高考了,需要做的不是超越别人,而是超越自己。

从初中开始,我们为了鼓励她学习,一直让她在班上找一个同学对照,将一个她认为优秀的同学作为目标,不断超越。她真的做到了,而且做得很好。初二的时候,班上有一位同学名列前茅,她把人家当作目标,一直到超越为止。结果中考的时候,她考取了719分,那位同学只考了650分。这成绩在初二的时候,我

们是想都不敢想的。

记得中考考体育的时候,班主任老师说,女儿身体太胖,可能体育考试要拖后腿,想考满分不可能。我将班主任的话直接跟她说了。我看见她脸憋得通红,故意激她,你们班主任也真瞧不起人,胖一点怎么了?胖是健康的表现,何况你又不是太胖,只要你抓紧时间锻炼,我看一点问题都没有。女儿点点头,信心满满,每天跑步上学,放学了在操场跑几圈才回家。她小时候学过舞蹈,身体很柔软,中考中坐位体前屈考了满分。这让她很受鼓舞,接下来的400米跑步,她遥遥领先,让班主任和班上的同学刮目相看。

中考后,我跟女儿总结说,你之所以取得了理想的成绩,不是你成功地超越了别人,而是你超越了自己。

现在,女儿又面临着人生的重大抉择。希望女儿能够总结自己的学习经验,超越自己。

好风景在远方

2017年4月10日　星期一　阴雨

女儿说班上有个同学,这学期进步蛮快的,这一次年级考试,比上学期进步了十几名。女儿说人的潜力是无限的,不过,太可惜了,他离理想的大学还是差一大步。我说,没有关系呀,关键是她正在努力,说不定有奇迹出现呢。

女儿叹了一口气,很无奈地说,不可能了,只要不退步就是万幸了。你知道吗?她正在跟另一名同学谈恋爱,最近班上都在议论纷纷。

原来是早恋。我很少跟女儿谈及这个话题,借机旁敲侧击,现在是关键时期,马上要高考了,还谈恋爱,真是不合时宜。再说,才多大呀,就谈恋爱,真是不靠谱。我一个人振振有词。女儿淡淡一笑,摇摇头说,你真是不了解现在的孩子,谈恋爱算什么?还有网恋、异地恋,那才叫可怕呢!我张大嘴巴,半天没话说。在我们身边,经常听到家长谈心,说某某的孩子早恋了。某家长在家为了不让孩子早恋,打孩子;把孩子关在家里,不让孩子去上

学……可这些都不是办法。作为家长,我们应该了解孩子内心真实的想法,疏通孩子的心理障碍,帮助孩子走出青春期的困惑。

我给女儿倒了一杯牛奶,坐在旁边给她讲了一个故事。有一个男孩在上高中的时候恋爱了,他的爸爸知道后告诉他,你们学校的女生太一般,真正有文化、有气质又美丽的女生应该在大学,在大城市里。男孩很快就和女孩分手了,他拼命努力,考取了理想的大学。爸爸又对他说,大学的女孩比高中的女孩确实优秀许多,但真正漂亮的女孩在中央民族大学,那里聚集了来自全国各地少数民族优秀的女孩,那里的女孩才真正漂亮。再说,你现在还小,还不会欣赏什么是真正的美。男孩眨眨眼,不解地说,是不是最美的风景永远在远方?父亲点点头,告诉男孩,远方有一个神秘的世界。就这样,男孩不断奋斗、不断努力,终于使自己蜕变成一只展翅的雄鹰。飞得高,眼光肯定不一样。

女儿推我出门,拍着我的后背说,操心的老妈,你放心吧,我现在忙得很,忙着写作业,忙着考试,忙着长大,我才没有时间考虑那些事情。我回头诡秘一笑,记住,最美的风景在远方。

因为懂得，所以慈悲

2017年4月18日　星期二　晴

    天气一天比一天热起来，每天走在大街上，看着来来往往的人，感觉夏天已经来了。自己每天依然忙碌，来去匆匆，完全忘记了自己是个孕妇。今年的任务重，压力也特别大。十几万字的《长河文艺》，近二十万字的《导游词》，每天背着稿子上下班，一有空就拿出来审阅、核稿，希望把错误降到最少。今年还想出一本文集，算是对自己的一个总结和交代吧。

    我亲爱的女儿每天也是忙忙碌碌，每天天不亮就起床，晚上到半夜三更。每天晚上看着她埋头苦战，心疼不已。昨晚我给她一百元生活费，她有些不好意思，说最近花钱比较多，买了几本资料，一日三餐都要花钱，她自己攒的零花钱、压岁钱都花光了。我说你需要随时找我，我的钱都是你的，反正我知道你不会乱花。她说，你怎么那么相信我不会乱花钱？我说，你是我生的，我了解你、懂你。有句话叫因为懂得，所以慈悲。我看着你，我亲爱的孩子，我心里就会滋生慈悲，就会温暖。别说是为你花钱，做什

蜕变成蝶

么我都愿意。她笑着,伸手摸我的大肚子说,算了吧,这些话马上就会对二宝说,现在你给我钱,我就收着,过了几个月,都是二宝的了。说完捂着嘴笑,我也笑。我知道她是开玩笑,二宝真的出生了,她还不知怎样疼爱呢。

娘俩就这样,开玩笑也好,争执也好,因为彼此了解,彼此懂得,内心深处都是相通的。哪怕偶尔生气,分分钟就释然了,这就是爱,就是亲人。

我熟悉很多家长,他们怕孩子顽皮,什么事情都管着孩子,不让孩子玩手机,将手机没收。可孩子有的是办法,你没收了他可以借,还可以租。我认识一个孩子,她为了逃避妈妈检查,将英语词典挖一个手机形状的洞,然后将手机安在词典里,她妈妈两年都没有发现。还有家长抱怨,摔掉孩子多少部手机,但无济于事。我的孩子上高中开始,我就给她买了手机和平板电脑,平时我们从来不干涉她。我曾偷偷观察过,上学期间她的手机一直关机,从来没有带到学校去过。因为我们相信她、了解她,所以她也安心。若我们处处管着她,说不定她也出什么邪招。所以家长们不要一味抱怨孩子,多检讨自己,孩子有时候很过分,都是你们逼出来的。爱,也要有方式。

每一天都是好日子

2017年4月19日　星期三　晴

妈妈,你猜猜明天是什么日子?女儿昨晚俏皮地朝我做鬼脸。

拍毕业照。我说。

不对。

考试。她爸在边上说。

不对。

我该给你生活费了。我不耐烦地说。

也不对。

我摇摇头,猜不出了。女儿哈哈大笑,明天是高考倒计时47天。女儿说完背着书包哼着歌进房间写作业了。

我半天没有回过神来,这个傻丫头,倒计时只有47天,你乐什么?一点都不知道紧张。

47是她的幸运数。她爸在边上提醒我。

哦,对呀。47是她的幸运数。中考的时候,她就是全县147名。我经常调侃她,高考要来个全县47名,名牌大学就有希望了。

女儿总是无辜地望着我说,妈妈,你说得轻巧,你知道高中哪怕前进一点点,都要付出惨痛的代价。

上次考试,女儿在年级是90名,超过一本线80分。这是最近几次考试最理想的一次。女儿自己并不知足,因为再多20分,她预想的47名就可以到手了。我说这样也很好,你还有努力的空间,继续加油,我的孩子。

女儿的自尊心很强,一直以来,她都是以成绩好的同学为榜样,把比自己优秀的同学作为目标,一个个超越。进入高三下学期后,我和她交流的时间太少了,偶尔说到超越,我总是鼓励她,你现在成绩很稳定,你要超越的不是别人,是你自己。

诗琪是一个悟性很高的孩子,她最近真的是沉住气,稳扎稳打,超越自己。前一段时间还是十一点睡觉,现在都是熬夜到十二点,早上五点二十就起床了,中午也只是趴在桌上打会瞌睡。看着心疼,但又无奈。学习是她自己的事情,作为家长,我们只能鼓励她、祝福她。

　　明天是个好日子。希望未来的每一天,对我的孩子来说,都是好日子。

卧薪尝胆

2017年4月21日　星期五　阴

昨晚半夜起来,发现女儿屋里还亮着灯,一看时间,已经一点了。我去催她睡觉,她头也不抬,眉头紧锁,正埋头做试卷。我再催。她对我说,你别管我,从今天开始,我要卧薪尝胆。

我看她一副斗志昂扬的样子,也没了睡意。我给她冲了牛奶,对她说,卧薪尝胆是我们欧阳家老祖宗的故事。她说别编了,这不能忽悠我,这个典故讲的是越王勾践。我点点头,欧阳氏都是越王勾践的后代。夏朝帝王少康的儿子无余,被封于会稽,建立了越国,为诸侯国。到春秋的时候,被吴国给灭掉了。十九年后,勾践又复国。到勾践六世孙无疆为越王的时候,被楚国所灭。无疆的次子蹄被封于乌程欧余山的南部,以山南为阳,所以称为欧阳亭侯,无疆的支庶子孙,于是以封地山名和封爵名为姓氏,形成了欧、欧阳、欧侯三个姓氏。

女儿点点头,调皮地说,怪不得我这样聪明,原来是越王勾践的后代,那我更应该践行老祖宗的祖训,卧薪尝胆,置之死地

而后生。

距离高考只有46天了。看样子女儿也开始紧张了,并不是表面看到的那样淡然,那样无所谓。她不喜欢表现自己,决定的事情总是默默付诸行动。

我说,你现在也不必卧薪尝胆,你只要稳扎稳打,在现有的基础上稍有突破就可以了。

女儿催我去睡觉。她说,我心里有数,你别管,你现在稳扎稳打,别人早就冲到你前头去了,到时你只能喝西北风去。高三,只有一个字,就是"拼"。你就别操心了。

我只好跟她道晚安,催她去睡觉。她一边收拾书包,一边说道,好吧,卧薪去了,明天又是新的一天,要迎接三模了。

提高免疫力,迎接战斗

2017年4月25日　星期二　阴

　　三模的成绩出来了。虽然比上次联考降低了,但从整个班级的成绩来看,女儿还是名列前茅。女儿回家很抱歉地看着我说,妈妈,我真的努力了。

　　考试前,女儿突然肚子痛,有点拉肚子,我担心她。她安慰我说,没有大碍,是考前综合征,有点紧张就会这样。我说,你现在三天两头考试,怎么会紧张?她笑嘻嘻地说,心理素质不行。看着我一脸愕然,又补充道,还好,身体素质还棒棒的。最近我们班很多同学感冒,很害怕被他们传染,还好,本人抵抗力很强。

　　这学期开始,女儿天天在学校吃饭,营养跟不上,加上天天熬夜备战,我担心她身体吃不消,给她买了西洋参,她不想喝。又去买了洋参丸,嘱咐她天天服用。担心她用脑过度,还买了金思力补脑丸。刚开始她很抵触,不愿意服用。我对她说,必需的,提高免疫力,准备迎接战斗。幸亏做好了充分的准备,最近很多同学严重感冒,她却安好。我说,你若安好,就是晴天。女儿抱抱我,

很感激的样子。

  天气渐渐热了,还没到五一节,就已经穿短袖衬衫了。女儿每天晚上回来,都是风风火火,热气腾腾。年轻真好,有朝气,有活力。我亲爱的孩子,很多年后,你会回想起这美好的青春,这些奋斗的日子,这些汗水浇灌的日子,你会觉得是人生中最幸福、最充实的日子。

第六辑 蜕变成蝶

注重效率

2017年4月26日　星期三　阴转晴

女儿昨晚回来,早早就洗漱完毕,上床睡觉去了。我感到很惊讶,这不是她一贯的作风,忙跑去问她是不是哪不舒服,为什么这么早就上床睡觉。她撒娇地靠着我说,妈妈,我要充充电,补充点能量。你知道吗?初三的时候,我想考取重点高中,天天熬夜,天天做试卷,几乎没有歇息的时间。现在才发现,那都是做无用功。我反对她,怎么会是无用功呢?正因为你努力了,你中考才取得了优异的成绩。她笑笑说,一样一样的,学习不是死做题,要注重效率,那才是关键。方法很重要。我表示赞同,摸摸她的头,嘱咐她早点睡。

想想也是,学习关键是用心,掌握学习方法,注重效率,才能快速提高自己的成绩。千万不可死读书,读死书。孩子在整个学习过程中,也是一个修炼的过程,在不断的修炼中,渐渐开悟,明白读书和做人的道理。

我的孩子,我真为你高兴。你长大了,成熟了,慢慢地明白了

生活的真谛。真心地祝福你,我的孩子。

最近我的身体和情绪都比较稳定,又开始忙了。十几万字的《长河文艺》,近二十万字的《导游词》,在一个月内全部定稿,每天捧着稿子,一遍遍地看。女儿心疼我,说,妈妈,你真不容易。长大了,我可不想做你这样的工作,太折磨人了。唉,谁叫我喜欢?谁叫我热爱?爱着总是心甘情愿的。

蜕变成蝶

2017年5月3日　星期三　阴

　　光阴流水,匆匆而过。距离高考只有一个月了,说真的,我很紧张,虽然在孩子面前装得无所谓,很淡定,实际上焦虑无比,但只是内心焦虑不能表露出来。夜里总梦见孩子在考场上,急一身汗醒来。好在孩子天天考,无所谓了。看着她天天进进出出,有说有笑,倒是很淡定的样子。

　　记得女儿跟我说,高考一百天全校动员会的日子,仿佛就在昨天,怎么一转眼几个月就过去了呢?现在到了最后的冲刺阶段,我却爱莫能助,无能为力。女儿体恤我,一日三餐都在学校吃。我知道学校学生多,吃的肯定不及家里,营养跟不上,但我又不能天天请假给她做饭,只好鼓励她坚持再坚持。有时候想想,我真是个自私的妈妈。但女儿毕竟是孩子,每天在学校食堂里吃得还挺好,晚上回来总说吃撑了。我唯一能做的只是削好水果,等着我的孩子下晚自习归来,然后给她准备好洗澡的衣服,让她轻松一会。她有时候挨着我坐着,跟我说学校里的趣事,跟

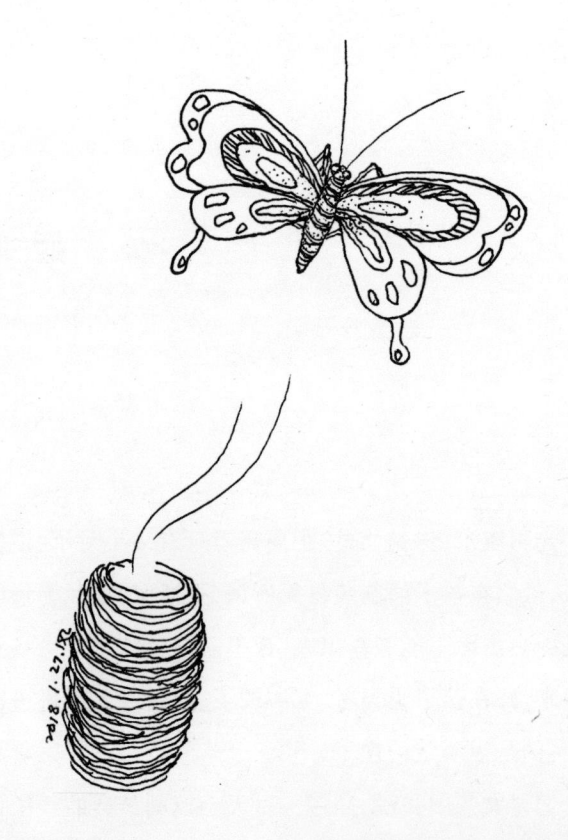

我唠叨考试的事情,我总是耐心地听着。我能做的只是静静地分享、分担她的喜悦和忧愁。

亲爱的孩子,你长大了,我现在只能默默关注你,默默祝福你,看着你慢慢地成长、慢慢地蜕变,看着你蜕变成蝶。

你总跟我说你的梦想。你说现在一门心思学习,争取考一个好学校。等高考结束后,你要去学钢琴,去学跳舞,去学油画。我支持你,亲爱的,相信你的天空会越来越宽广,也相信你会展翅飞翔,翱翔于蓝天白云下。

强者没有眼泪

2017年5月17日 星期三 晴

　　昨天中午下班坐公交车回家,同车的有一个高中女生,她一上车就哭得稀里哗啦的,旁边一位女生不停地劝她。我听了半天才弄明白,原来女生在上数学课的时候,一道难题,班上的同学都不得解,女生因为平时喜欢钻研,没有学的功课提前预习,很快得解。数学老师很不屑,当着全班同学的面,嘲笑她是抄来的。她很委屈,也很愤怒。全班没有人能解,只有她举手,她能抄谁的呢?作为老师,怎么可以这么随便冤枉人呢?我看着小姑娘,哭得那么伤心,想到了我的女儿,她也是一个自尊心很强的孩子,若发生在我女儿身上,她一样会哭。我为小姑娘愤愤不平,回过头对她说,你们数学老师这么冤枉你,大家都不会,就你一个人会,你应该开心才是呀。若是我,就要好好表现给数学老师看,每次考试都考第一,让他对我刮目相看。小女孩揉揉眼睛,不哭了,对我说了声"谢谢"。

　　晚上我回家把小女孩的事告诉女儿,她说,这样的事,谁没

蜕变

经历过?还说我不愧是当老师的,会劝人。这样的事情发生,学生很容易走极端,要么拼命努力,证明给老师看;要么自暴自弃,一蹶不振。我们希望看到的是前者。

有一天晚上,女儿被她老爸冤枉了,也是趴在书桌上哭得稀里哗啦。我舍不得,她一哭我也跟着哭。她又舍不得我哭,说我哭对肚子里的小宝宝不好。她忍着眼泪对我说,妈妈,我不哭了,我只是觉得心里委屈得慌,堵得厉害,让我发泄一下,心里会轻松许多。我默不作声,默默地给她冲蜂蜜水,给她准备热毛巾,陪在她身边,轻轻拍打她的后背。一会儿工夫,女儿就破涕为笑了。第二天继续学习,像什么事情也没有发生一样。

我们都不是圣人,都有脆弱的时候,都有遇到困难的时候。关键是当困难来临时,该怎样去面对,怎样去调整自己的心态。

女儿在书桌上写了一条座右铭——强者没有眼泪。我相信我亲爱的孩子会淡定、从容地面对自己的人生。

相信自己

2017年5月18日　星期四　晴

　　昨晚和女儿探讨胎教的问题，女儿说等她放假了，她要好好教教二宝，给二宝制订胎教计划。还说看到一则消息，小婴儿的眼睛有扫描功能，如果你给他看高数、看五线谱，他都会产生记忆。女儿想将二宝培养成神童。我不以为然，我说只要像你一样，健康、聪明、俊俏就够了。真的，我亲爱的孩子，你就是我们的榜样、我们的骄傲、我们的未来。我们相信你，也请你相信自己。

　　你总是说自己不够优秀。其实优秀没有标准，只要你努力去做，尽心去做，就是最好的自己。

　　人有两条路要走，一条是必须走的，一条是想走的，你必须把必须走的路走漂亮才可以走想走的路，有些路，你不走下去，就不会知道路边的风景有多美。我知道，你心里有梦想，而且你现在的努力离你的梦想很近，只要稍微加把劲，不要放弃，就可以达到目标。孩子，我们一起努力吧。

　　我亲爱的孩子，当你很累很累的时候，你应该闭上眼睛做深

呼吸,告诉自己你应该坚持住。如果今天很努力,成绩依旧不好,至少长大后可以说:那时候的我真的努力过!撑不住的时候,可以对自己说声"我好累",但不要对自己说"我不行",也可以说"再坚持3分钟"!从小到大,你都是很有耐力的孩子,你有许多好的学习经验,还有很多美好的过往激励着现在的你,加油,我的孩子。

有专家说,人脑的潜力是无限的,一个人的大脑如果完全被开发的话,据说可以记住26国语言,4000多本图书的全部内容。全世界最聪明的人爱因斯坦也仅仅只开发了12%而已,所以别以自己蠢为借口,你要是真的发奋了,你是不是下一个爱因斯坦谁又会知道?孩子,在你成长的过程中,你让我们见证了许多神奇、许多意外,给过我们很多惊喜和欢乐。作为你的父母,不仅仅希望你出类拔萃,成为神童,更多的是希望你安好,希望你快乐,希望你幸福。

我亲爱的孩子,相信自己。相信明天会更好!

平常心

2017年5月19日　星期五　晴

　　每天中午下班，总是喜欢绕道拐到你们学校门口，看看正在放学的孩子们。看着许多家长拿着饭盒，拿着小凳子，在校门口翘首期盼，我心里总不是滋味。昨晚我说今天给你送饭，你无论如何不答应，说我挺着肚子，不方便，不要我给你送饭。我知道你是懂事，是舍不得妈妈奔波，可是我真的情愿累一点，跟那些家长一起守在校门口，看着你满面春风地走出来，脸上洋溢着微笑，洋溢着青春。那种幸福的感觉会油然而生。

　　昨天听说你们学校有家长放弃北京年薪几十万的收入，回来接送孩子，给孩子做饭。我觉得那些父母真的很伟大，很了不起。不仅仅是放弃工作回来接送孩子，更重要的是懂得取舍，懂得爱。我知道这个时候，你并不是需要吃什么好吃的，只是需要爸爸妈妈的关注、爸爸妈妈的爱护、爸爸妈妈的陪伴。

　　我亲爱的孩子，每天晚上，不管多累，我都会等你回家，给你削好水果，给你泡蜂蜜水，给你准备洗澡的衣服，只是想多给你

一点安慰,多给你一点温暖,多给你一点爱。孩子,家就是你的加油站。累了,回家好好休息一下,又可以投入紧张的学习。

离高考只有十几天了,我们的心揪得越来越紧。你可不能紧张哦,要有平常心,要淡然处之。你跟我们说到高考,就像说下一次模拟考试,这是我们希望看到的。

各自爱

2017年5月20日　星期六　晴

今天周末,我去学校给女儿送饭,看着她小鸟一样飞出来,奔向我,我很幸福,很满足。周末送饭的家长络绎不绝,道路两旁的林荫道上到处都是,挎着包包,拎着板凳,打着遮阳伞。可怜天下父母心,孩子都是父母的心头肉,怕他饿着,怕他累着,还怕他晒着。看着孩子安好,父母才心安。

早晨专门起早去菜市,给女儿买了新鲜的河虾。青椒炒河虾、红烧黄鳝、清炒马铃薯、青椒炒三九菇,女儿一边吃,一边赞不绝口。女儿说,做梦都想吃妈妈做的菜,味道就是不一样。一个星期女儿天天在食堂和小摊上将就,终于吃上了一顿荤。说得我心里既难过又愧疚。我说,晚上妈妈继续给你做好吃的。女儿说,算了吧,这大热天,你就别折腾了。晚上我还是将就吧,再说今天的营养也够了。看着我不情愿的样子,女儿擦擦嘴,拍拍我说,你回家照顾好自己,我们各自爱吧。

一个人走路回家,想着女儿的话,心里暖暖的。孩子长大了,

处处替父母考虑，不愿意我累着，不愿意我操心。那好吧，我们各自爱，各自好好的。

夜读《古诗十九首》，"思君令人老，岁月忽已晚。弃捐勿复道，努力加餐饭"。我亲爱的孩子，我深爱着你，但又不能为你做得更多，与你朝夕相对，只能各自面对岁月流转，面对世事变化。但不管天晴下雨，我都牵挂着你，我都爱着你，你一定要记得吃饱穿暖，为娘才会心安。

没有绝对公平

2017年5月21日　星期日　晴转阴

最近网上流传一个段子,关于高考。

北京考生,老爸,我考了530,比一本分数线高53分,估计能上北大!

儿子真有出息!走,去上海旅游!

安徽考生,爸,我考了530,离三本线差了20分,我上大专吧?

真没出息,别上了,滚上海打工去吧!

上海考生,爸,我考了530,估计上复旦没问题,干脆送我出国吧?

行,去学个工商管理,正好回来帮我。今年又从安徽招了不少农民工,这些人没文化,不管不行。

还有另外一个故事:

寒风呼啸的北京,万千灯火中的一盏灯下,一个孩子正拿着数学作业立于书桌一旁。

孩子,真抱歉。已埋头于书桌前许久的父亲,抹了抹额上渗出的汗珠,现在的题目,比以前难了不是一点点……

爸,你可是北大毕业生啊……父亲尴尬一笑,笑中有愧。

这时,家中的保姆恰巧经过桌前,一瞥桌前的卷子,顺手抄起一支笔,文字、数字像蝼蚁一般在草稿纸上排起队。

你还是继续去忙你的吧……父亲不耐烦地挥了挥手,脸上

带着不屑。保姆不答,脸上毫无表情。

须臾,题得解,父亲看着草稿纸上精妙而富有条理的解题,脸上满是惊愕,莫非,你老家是?

"安徽!"保姆答,脸上依旧毫无表情。北风像野兽一样继续敲打着窗户。

你当年高考多少分?父亲问。保姆看看父亲,您呢?父亲喝口水,290分,我来自边疆。

保姆默默开始收拾桌子上的东西,父亲看着她,你?

保姆回头,我525分。那年高考我差了5分!

孩子他妈在门外听得真切。想当年自己400分进北大,多亏有个北京户口,要不然现在可能与保姆互换角色了。她暗自庆幸。

看完后心中久久不能平静,确实值得深思。作为一名高考生家长,每天看着孩子挑灯夜战,起早摸黑,心里不是滋味,但是有什么办法呢?城区的孩子还稍微好一点,每天可以回家,补充点营养。偏远山区的孩子更辛苦,不仅要熬夜,还要省吃俭用,只盼着有朝一日金榜题名,出人头地。

我给孩子讲上面的故事,孩子不以为然。这个世界就是这样,很多人需要去奋斗,去努力,去拼搏,也有人可以坐享其成。这个世界从来没有绝对的公平。我们之所以去付出,是因为我们要做到无愧我心。

我亲爱的孩子,我们每一个人,在哪个家庭、哪个地区出生,都是不能够选择的。没有绝对公平,这没有什么,我们自己努力,自己开心快乐地生活着,做最好的自己。

做个有梦的孩子

2017年5月22日　星期一　小雨

　　五模成绩出来了。虽然超过一本线50分,但我看得出,这不是你理想的成绩。我的小孩,你沉默着。我知道,你心里很难过。每一次成绩出来,你都要看看考试成绩离厦门大学的距离。你是在担心离你梦想的学校距离太远。有一天,你捧着厦门大学的照片对我说,突然感觉像是空中楼阁,高不可攀。我安慰你,只要有梦想,就一定能实现的。关键是我们自己要持之以恒,不言放弃。

　　自从进入高三,每天都要应对各类试卷,考试几乎是家常便饭。对于每一个高三生来说,都是久经考场的老将了。到最后,关键看我们的心态。到了高三,所学的知识都扎实了,各门功课都定型了,考生要注意的是心态和身体,要保持体力冲刺。我每次跟女儿这样说,她都是点点头,说她知道。

　　一个人一定要有梦想。有梦想,我们的生活就有阳光,我们的奋斗才有动力。一颗心,是绝对不会因为追求梦想而受伤的。求学之路的失落与得意、清晰与迷茫,在于你拥有一个什么样的

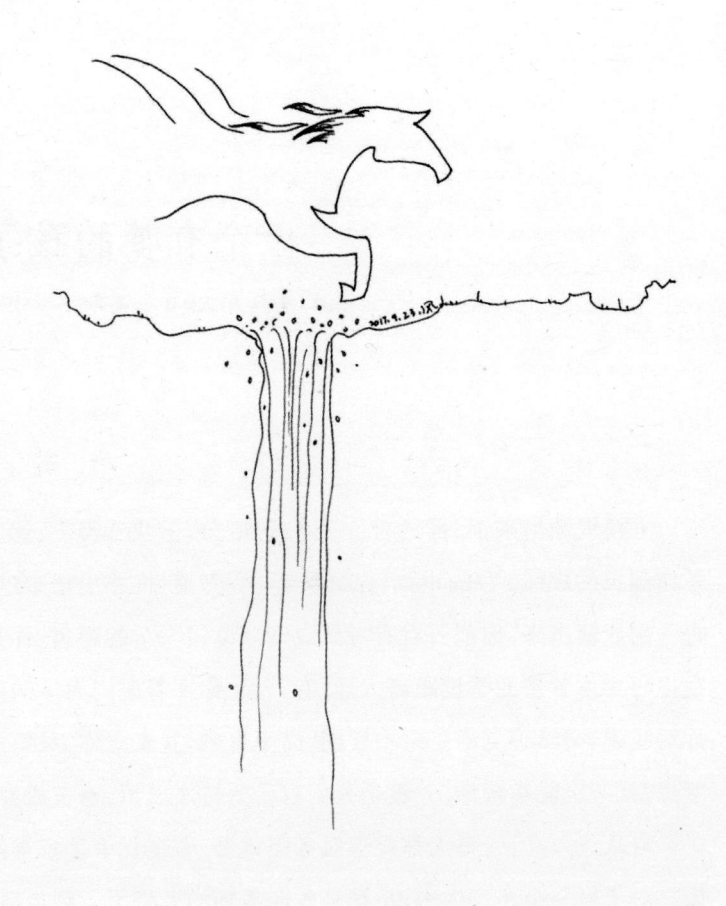

心境。努力中会有失败,会有失去勇气的时候,但必须努力,需要坚强,需要意志。一切都只是过程,成功与快乐才是终点。生活可以是无趣的,但一定要快乐。做一个有梦的孩子,每天开心快乐地生活。

我亲爱的孩子,开心过好每一天,大胆去追梦吧。

准备迎战

2017年5月29日　星期二　晴

　　端午节,天气晴好。楼下的合欢花开得正艳,粉红的花朵,散发着幽幽的清香。站在六楼的阳台望下去,仿若满树的蝴蝶翩翩起舞。一场热闹的花事,像在庆祝某件喜事。每天从合欢花树下穿梭,心情也变得愉悦轻松。

　　女儿早早起来了,一个人点着台灯在房间里看书,很镇定。高考百日动员大会仿佛就在前几日,转眼就剩下几天了。说心里话,我比女儿还紧张。我每天唠叨还有几天,唠叨注意事项,唠叨她别乱吃东西。女儿总是淡定地对我说,我知道。我的小孩就是这样,从小无论遇到大小事,总是宠辱不惊,淡定自如。

　　昨晚我对她说,你好好把握,考一个好学校,将来在大城市里生活,不用像妈妈这样辛苦,你看妈妈的那些同学,在南京、上海生活得多风光。她拍拍我的后背说,别羡慕人家,人家还羡慕你生了我这样一个漂亮的小孩。我拧拧她的脸,粉粉的、嫩嫩的,我说,你臭美,其实心里却美滋滋的。有一个听话的、乖巧懂事的

娃,我真的该知足了。

端午节,我和她爸忙着去看望家里的老人。女儿吃了早点,在房间里看书。门口插了刚刚买回的菖蒲和艾草,散发着阵阵馨香。岁月静好,现世安稳。我喜欢这样充实而美好的生活。

中午给女儿做一顿丰盛的午餐,她爸主厨,我当下手。女儿中途还出来给我一块饼干,叫我别累着,不要弄油腻的菜,顺手摸了摸我肚子里的二宝,哼着歌回房间了。

我知道她镇定的外表下面一定也是波澜起伏,一定也有点小紧张,只是不愿意让我们担心她罢了。

我亲爱的孩子,好好迎考,生活总是美好的。

爱是无所不能的

2017年6月1日　星期四　晴转阴

　　为了孩子，父母是无所不能的。为了孩子，做什么我都愿意。

　　昨晚女儿说，学校太热了，中午根本无法睡觉。我心疼不已，主动请缨，让她中午回家休息。平时早上我都要睡懒觉，今天早早起来了，我要去买女儿喜欢吃的菜，家里也几天没有沾荤腥了，尽管女儿不吃荤，油水还是要重一点。这个季节的毛豆刚刚上市，要买城边菜农家里剥好的，回家放点大蒜和辣椒，算得上新鲜的美味了。土豆也是新鲜的，烧肉特别鲜美。小虾米要早点去菜市才买得到。这些都是女儿的最爱。天气热，西红柿汤不可少。女儿平时在学校都是快餐将就，今天好好犒劳她一下。

　　女儿昨晚跟我说，今天是六一儿童节。真是孩子，童心未泯，送点什么礼物给她好呢？她说一根棒棒糖就可以了。我可爱的小孩，喜欢你的纯真无邪。

　　昨晚回家，一身衣服都湿透了。据说这两天要下暴雨，闷得慌。女儿躺在床上，直喊热。我伸手去抚摸她，一身的汗，身上发

烫,是真热着了。我跟她爸说,她爸也是舍不得半天,叫她坚强一点,坚持这最后几天。

平时我们工作都忙,下班根本没法提前。今天早早到单位,下班前半个小时,跟单位领导说,家有考生,我要先回去,大家都积极支持。催我快些回家去忙。单位也是个小家庭,个个通情达理,相互理解,真好。

等女儿到家,我已经做好了四菜一汤。她一进门就欢呼,妈妈做的菜就是不一样,香。我赶紧催她洗手吃饭,小屁孩吃得美滋滋。

看着她幸福的样子,我们心里也很满足。

布衣暖菜根香

2017年6月4日　星期日　阴

　　女儿今天放假,所有的课程结束了,现在就是迎考了。

　　自从进入高三,女儿严格要求自己,不买一件衣服。虽然是十七岁花一样的年龄,却衣着朴实。那件荷叶边的牛仔裤,还是小学五年级时给她买的,那件灰色的T恤衫,是初一的时候买的,都洗得发白了,但她舍不得扔掉,一直穿。有一天,她跟我说,妈妈,高考后我一定要买一件白色连衣裙。我一百个赞成,买、买、买。必须的。哪一个小姑娘没有梦想?哪一个女孩没有一件心仪的衣裙?我有时候要给她买,她总是说,等毕业再买。我只得尊重她的意见。她还振振有词地跟我说,布衣暖菜根香。

　　女儿小学时特别喜欢吃肉,隔了几餐没有肉,就嚷嚷着吃肉肉,特馋。自从到了中学,就不怎么吃荤了;到了高中以后,不管多好吃的肉,她都不沾;最近更是,油都不让我多放。她天天告诫我,要清淡些,少油少盐。我只好每天变着花样做几个青菜,好在她不挑食,毛豆、茄子、白菜,什么都吃,让我省了不少心。我们

也跟着她改变了口味,吃得清淡了,人也舒服多了。尤其是老公,天天早起晚睡,又锻炼,一下子瘦了十几斤,人清爽了许多。

朋友的小孩,和女儿一般大小,朋友天天跟我抱怨,孩子要吃好的穿好的,家里的饭菜不爱吃,总要去下馆子,吃海鲜。衣服总是买名牌,好像父母的钱不是钱似的。朋友家经济条件好,奢侈品买得多,从小惯着孩子。其实对孩子并不是好事。孩子价值观的形成,跟成长环境和父母的教育关系很大。我庆幸从小教育孩子节约、朴实,才有了今天布衣暖菜根香的生活习惯。

这两天,女儿忙着搬书回家,还跟我说,有点舍不得学校的老师和同学。明天虽然放假,还是将闹钟调好,早早起床,到学校食堂去复习,说学校里有氛围,心才静得下来。

看着她春风满面的样子,我心里暖暖的。真是布衣暖菜根香,读书滋味长。

绽放的季节

2017年6月5日　星期一　中雨

昨晚女儿放学回家,带回一枝含苞待放的玫瑰花,是她的同桌送的,同学三年,一朝分别,依依不舍,人之常情。我问女儿准备回赠点什么礼物,她摇摇头说,不知道。就在心里默默祝福吧,一切尽在不言中。

我洗了玻璃花瓶,装了清水,女儿从小对花粉过敏,家中很少养鲜花。这次是破例了。看着鲜艳欲滴的花朵,美美的。

女儿洗完澡,换了漂亮的连衣裙,用我的手机自拍了几张照片。含苞待放的玫瑰花,衬托着青春的脸庞,灵动的眼睛充满希冀。我感叹,年轻真好。

今天学校布置考场,全部放假了。女儿坚持和同学一起到学校食堂去看书。看样子精神和状态都还不错。

明天就要熟悉考场了。

后天就要高考了。十二年寒窗,弹指一挥间。我还记得女儿去幼儿园报名,去上小学、中学。我没想到这么快就要高考了。说

蜕变

真心话,我和她爸比她还紧张,比我们自己当年进考场还紧张,但我们装作镇定自若。这两天我也没心思看电视,她爸也没心思玩手机。两个人各捧一本书,装模作样,各怀心事。

我在心里默默祈祷,祝福我的孩子一切顺利。

走进考场

2017年6月7日　星期三　晴

按照学校的通知，八点到考点外等候。虽然昨晚睡得不踏实，一夜辗转反侧，还是早早起床了。女儿房间静悄悄的，想让她多睡一会，轻手轻脚地去厨房准备早餐，女儿听到动静，出来问我早安。原来她早就起来了，在房间里看书。我给女儿做胡萝卜炒饭，按照她的要求，少盐少油。还不错，她吃得挺香的，这让我安心不少。我叮嘱她进考场前少喝点水。

我担心路上车多，七点半准时出发，到了学校路口，我和女儿下来走，她爸去停车，然后在校门口会合。

校门口已经是人山人海了。一个孩子两个家长，帮孩子拿着水杯、遮阳伞，叮嘱孩子保管好准考证、身份证，检查笔是不是都带了……家家都一样，反复地叮咛，却小心翼翼，怕孩子不耐烦，怕孩子反感，怕影响孩子的情绪。可怜天下父母心。

八点准时开考点大门，孩子们蜂拥而入。我的孩子也随着人流往里走。看着她昂首挺胸，自信、沉稳的脚步，我心里暖乎乎的。虽然叮咛了千遍万遍,我还是安慰她爸说,你放心吧,孩子从小沉稳,学习也一直很扎实,考试只不过是个手段。她爸点点头,对她信心满满。

俗话说,三岁看大,七岁看老。我的孩子从小就热爱学习,基础踏实。相信她经历了许多次考试的检验,高考应该不紧张。记得还是小学一年级的时候,县电视台去她学校采访,主题是如何保护环境,她娓娓道来,不慌不乱。后来又去我工作的学校采访,作为一名语文老师,我反而很紧张。小学四年级,她作为全县优秀少先队员代表去参加全市少代会,坐在主席台上,左边是市

长,右边是市委书记,如果是我,肯定紧张,她却镇定自若,和市长、市委书记聊天,一点不紧张,真是无知者无畏。她的精彩发言更是博得了热烈的掌声,连带队的老师都跷起了大拇指,说这孩子大气。到了中学,她一直是优秀学生干部。高中,她一直担任班长,是班主任的好助手。

预备铃已经响了,考生全部进入考场,家长们还不肯离去,坐在路边的大树下,默默无言。他们心里一定也很紧张。老公催我去买菜,我不想离开。老公说,你坐在外面无济于事,瞎紧张有什么用?快去买菜吧。我只好随着他悻悻离开。这两天,网上有一个很火的段子:"孩子,无论你考好考坏,爸爸妈妈都等你回家吃饭。"嗯,还是赶紧去买几样小菜,给女儿做好吃的吧。

一直相信,没有优生和差生的区别,关键在于你用什么样的尺子来衡量孩子。其实,每一个孩子都是一粒种子,只是每一个人的花期不同,有的花,一盛开就绚丽绽放;有的花,却要经过漫长的等待。期待孩子成才,有出息,最好的办法就是用爱呵护,用心等待。

蜕变的蝴蝶

2017年6月9日　星期五　中雨

　　高考终于结束了，悬着的一颗心终于放下来了。孩子轻松了，家长也轻松了，仿佛我们牵着孩子的手，一起越过高山，一起越过海洋，栉风沐雨，终于到达终点。阳光明媚，微风吹拂，很柔和，心情自然舒畅。

　　这两天降温了，一点不热。我在心里默默祈祷，看着我的孩子镇定自若地考完一门门课程，心渐渐踏实了。每场考试出来，我们都不敢多问，只能在边上静静地察言观色，她笑，我们舒心；她不吱声，我们默默。

　　昨天下午考完最后一门课，我说我们一起去吃大餐吧，女儿摇摇头，说约了同学一起，我们表示赞同，嘱咐她别到处乱跑，注意安全。她说，妈妈，你放心吧，我们老师说了，叫我们近期注意安全，别游泳，别喝酒，记得孝顺父母、感恩老师，我都记住了。我心里暖暖的，孩子能记住这几点我就放心了。我的孩子从小乖巧懂事，放假多是宅在家里，很少出去玩。

孩子长大了，必须放养，让她自己出去飞。可是作为父母，我们还是担心，还是不舍，还是忐忑。

女儿上楼换衣服，我们在楼下等。十分钟不到女儿下楼了，我当时一看惊呆了。她换上小白衬衣，外面套了件碎花连衣裙，脚穿小白鞋。亭亭玉立的大姑娘站在我们面前，跟平时总穿着牛仔裤、运动鞋的小丫头判若两人。我说闺女，你瞬间就蜕变成蝶了。女儿不以为然，回敬我，这才是刚刚开始。从明天开始，早起跑步,假期减肥,做家务,彻底蜕变。你就慢慢惊讶吧。

吃过晚饭,我开始坐立不安,发信息问女儿吃完饭没有。很快回复,早吃完了,班上很多同学一起,跟班主任老师在文博园散步,我这才一颗心定下来。八点半,女儿发来信息,说马上到家。到底是我教育的孩子,不让父母操心,早早回来了。夜里看手机,十二点了,很多家长还焦急地在网上找孩子,想想心里觉得特欣慰。

我的孩子,你的人生才刚刚起步,外面的世界更精彩,有广阔的天空等你去翱翔,去展翅。作为你的父母,我们期待着你的蜕变,更期待着你飞得更高!